KB196134

김주선 창작 동화집

구불리 아이들

김주선 창작 동화집

구불리 아이들

초판 1쇄 인쇄 2025년 1월 20일
초판 1쇄 발행 2025년 1월 24일

지은이 김주선
그린이 정규
펴낸이 강정규
펴낸곳 시와동화

등록번호 제2014-000004호
등록일자 2012년 6월 21일

주소 경기도 부천시 성주로 86-4, 104동 402호(송내동, 현대아파트)
전화 032-668-8521
이메일 kangjk41@hanmail.net

ISBN 978-89-98378-71-4 73810

저작권자 (c) 김주선, 정규 2025

이 책의 저작권은 저자에게 있습니다. 저자와 출판사의 허락없이 내용의 일부를 발췌하거나
인용할 수 없습니다.

값은 뒤표지에 있습니다.

어린이제품안전특별법에 의한 제품 표시
제조자명 시와동화 제조연월 2025년 1월 제조국 대한민국 사용연령 6세 이상 어린이
주소 및 연락처 경기도 부천시 성주로 86-4, 104동 402호(송내동, 현대아파트), 032)668-8521

김주선 창작 동화집

구불리 아이들

시와 동화

차례

3부 구불리 아이들

구불리 아이들 · 106

"뻐꾹!"

올해 처음 듣는 뻐꾸기 소리입니다. 슬몃 웃음이 납니다.

몇 년 전, 쉬어 가는 해로 정하고 매달 엄마 집으로 가 며칠씩 지내다 오곤 했습니다. 엄마는 산골짜기 밭에다 들깨 농사를 지었어요. 모종을 옮겨 심고 돌아오고 싶은데, 날 정하기가 어려웠어요. 앞산에서 뻐꾸기 울음소리가 들려야 한다고 하셨거든요. 그 말이 시처럼 들렸어요. 뻐꾸기가 울면 저절로 그때가 떠오릅니다.

『구불리 아이들』은 그리운 시절 이야기입니다. 자라는 아이들에게는 낯설겠지만 할머니가 나만 했을 때 이런 일도 있었구나, 이웃에 이런 할머니가 살고 계시구나, 생각해 주면 좋겠어요.

점점 많은 것들이 잊히고 있어요. 친척들이 모두 모여 차례를 지내던 일도 떠들썩했던 골목 풍경도 다 옛일이 되었어요. 학생이 없어 폐교된 학교는 허물어져 새 건물이 들어서고 정미소도 오래 전에 문을 닫았지요. 하지만 글로 쓰면 돌아가신 아버지를 만나고, 어릴 때처럼 학교에서 뛰어 놀고, 늙은이와 젊은이, 어린이가 어울려 사는 세상을 꿈꿀 수 있어요.

더 잘 볼 수도 있어요. 산수유를 까느라 둥그렇게 파진 손톱, 벽돌 묶은 유모차, 담장 위로 감나무가 보이는 빈집, 쥐가 갉아 놓은 늙은 호박, 엄마의 삶도 눈에 들어왔어요.

그런 글들을 동인집과 《시와 동화》에 실었는데 이번에 한데 묶게 되었어요. 용기가 필요할 때 응원해 주신 분들께 고맙습니다.

규보천리(跬步千里)란 말을 좋아합니다. 반걸음씩일지라도 쉬지 않고 걸으면 천 리를 간다고 내게 글쓰기는 천천히, 멀리 가 보고 싶은 길입니다. 길잡이가 되어 주시는 스승님과 글벗들과 함께.

글은 쓰는 사람을 닮는다고 합니다. 삶과 글이 다르지 않도록 꾸준히 읽고 생각하고 쓰며 살고 싶습니다.

엄마께 전화 드렸더니 이제 들깨 모종 잎이 나비 날개만큼 자랐다고 합니다. 이 말도 시처럼 들려요.

사랑합니다, 엄마!

이천이십사 년 유월

김 주 선

1부
골목길

웬수나무

할머니는 거실 가운데 신문지를 펴놓고 산수유 씨를 발라 내고 있습니다. 산수유 열매는 조금 말라있습니다. 물에 젖은 수건을 옆에 두고 손가락을 닦아 가며 열매에서 씨를 빼 냅니다. 단단한 열매는 이로 물어 빼냅니다. 씨가 빠져 납작해진 열매는 한쪽 그릇으로, 씨는 모았다가 또 다른 그릇에 담습니다. 베란다에는 어제 씨를 뺀 산수유가 널려 있습니다.

책상에 앉아 그림 그리기 숙제를 하던 민서가 할머니를 돌아봅니다.

"할머니는 어떤 색이 제일 좋아요?"

"색? 와?"

"궁금해서요. 저는 연두색이 제일 좋아요. 왜냐 하면 봄 색이잖아요. 저는 봄이 좋거든요."

"나는 그냥, 뭐, 새뜻하고, 아이다. 불그스름한 색."

"왜요?"

"글쎄. 할미는 그기 좋더라."

부엌에서 콩나물을 다듬던 민서 엄마가 거실을 내다봅니다.

"민서야, 오늘 숙제 미술뿐이야?"

"아니요. 두 과목 더……."

"그런데도 그러고 있어?"

민서가 얼른 바로 앉습니다. 그리다 만 나무 그림을 그립니다. 할머니는 민서를 바라보며 빙긋이 웃고는 다시 산수유 씨를 발라냅니다. 할머니 손가락 끝이 점점 붉어집니다.

"어머니, 다녀왔습니다."

아빠가 회사에서 돌아왔습니다.

"종일 뭐 하셨습니까?"

"민서 어미가 맛난 거 해 줘서 먹고 민서하고 놀았다."

아빠가 거실 한쪽으로 치워져 있는 산수유를 봅니다.

"그냥 오시지 일거리는 뭣하러 가져오셔서 고생입니까."

할머니가 한숨을 쉽니다.

"그러게 말이다. 내가 가지고 오고 싶어서 갖고 왔겠나. 니 아부지 때문이지."

"아버지가 왜요?"

"내가 민서 보고 싶어 며칠 다녀오겠다고 하니 니 아부지가 뭐라고 캤는지 아나? 그러면 산수유는 우짜노 카더라."

"하하. 아버지가 어머니 혼자 보내기 싫으셨나 보네요."

"무슨? 아이다."

"산수유 깔 거는 많습니까?"

"올해 따라 산수유가 풍년이다. 여기 오려고 부지런히 깠는데도 이래 남았다. 아부지가 못 가게 할까 봐 내가 싸들고 온다고 캤다."

"아버지도 참."

민서는 할머니와 아빠가 나누는 이야기가 재미있습니다.

"겨울 내내 방에 앉아 산수유 까 봐라 힘들다."

"아버지는 같이 안 깝니까?"

"와, 까기야 하지. 내가 한 그릇 깔 때 한 주먹이나 깔란가?

웬수다 웬수."

"아버지 말입니까?"

"아이다. 산수유 말이다. 나무를 팔아 버리든가 해야지. 겨울이 겨울이 아이다."

민서가 불쑥 나섭니다.

"할머니, 그럼 저게 웬수나무 열매예요?"

민서 말에 할머니와 아빠가 웃습니다.

"할머니는 봄부터 가을까지 바쁘게 지내시잖아. 그래서 겨울에는 쉬고 싶은데, 산수유 까느라 쉴 틈이 없으신 거야."

"그럼, 할머니 그냥 노시면 되잖아요."

"말이 그렇지. 이 손 아껴서 뭐 하노? 쭈글쭈글 해도 쓸 만할 때 써야지. 울 민서 세뱃돈도 두둑이 마련하고."

민서가 히힛 웃으며 할머니 손을 봅니다. 오른손 엄지손가락 손톱 한쪽이 둥그렇게 파여 있습니다.

"아버지한테 나무 팔자 해 볼까요?"

"아이다. 내가 몇 번이나 캐 봤는데 꿈쩍도 않는다. 나도 그렇다. 웬수다 그래도 고맙지. 봄에는 꽃보고 여름에는 그늘지고, 열매가 익으면 근심돼도 저거 까서 너희들 공책 사고 용돈도 주고 그랬다."

아빠가 말이 없습니다. 그런 아빠 얼굴은 생각이 많아 보입니다.

"할머니, 제가 산수유 까는 기계 만들어 드릴 게요."

"오냐, 오냐. 우리 민서 기특하지."

할머니가 민서 엉덩이를 툭툭 두들깁니다.

"민서 너, 숙제 언제 끝낼 거야? 예습은?"

엄마 목소리가 딱딱합니다.

"할머니, 저는 숙제랑 공부가 웬수예요."

민서가 입을 삐죽거립니다.

다음날, 민서가 친구를 데리고 옵니다

"이거구나!"

"응. 이게 바로 웬수나무 열매야. 봐봐, 이렇게 하는 거야."

민서가 산수유 씨를 발라내 보입니다. 손톱에 빨간 과육이 들러붙습니다. 친구도 민서를 따라 해 봅니다. 뚝 끊어집니다.

"아이고 아까븐 거. 야들아, 요렇게."

할머니가 중간 부분을 살살 밀어 씨를 도드라지게 합니다. 그런 다음 손톱으로 꼭지 부분을 눌러 씨가 빠져나올 길을 만들고 뒤를 밀어내니 씨만 쏙 빠집니다.

"우와!"

친구가 놀랍니다.

민서가 어깨를 으쓱합니다.

"엄마한테 카고 왔나?"

친구가 고개를 갸웃거립니다.

"할머니, 뭘 카요?"

민서가 키득키득 웃습니다.

"엄마한테 허락 받고 왔냐고 물으신 거야."

"아, 아뇨. 민서가 웬수나무 열매 보여 준다고 해서 따라왔어요."

"그러면 안 되지. 얼른 집에 가거라."

할머니는 깐 산수유 열매를 비닐봉지에 넣어 민서 친구에게 줍니다. 친구가 가고 나자 할머니는 또 산수유를 깝니다. 민서는 간식으로 챙겨 놓은 삶은 고구마를 먹으며 할머니가 하는 걸 지켜봅니다.

"다 먹었으면 숙제부텀 해야지."

"으, 숙제 웬수."

"지금은 웬수라도 나중을 생각하면 좋은 웬수도 있으니

께."

민서가 마지못해 일어납니다.

휴대 전화 벨이 울립니다. 엄마가 전화를 받습니다.

"네, 나윤이 엄마. 산수유차요?"

엄마가 아빠를 봅니다.

"네에, 그랬군요. 알았어요. 민서 할머니께 말씀드려 볼게
요."

"무슨 일인데?"

전화를 끊자 아빠가 묻습니다.

"나윤이 엄마가 산수유를 살 수 있냐고 물어요."

아빠는 할머니 앞에 앉습니다.

"어머니, 산수유로 차를 끓이기도 합니까?"

"그래. 와?"

"낮에 민서 친구한테 산수유를 주셨다면서요. 산수유를 사
고 싶어 하네요."

"니 아부지가 보약에 마이 쓰인다 카대."

엄마는 인터넷으로 산수유에 대해 알아봅니다.

"어머, 어머님. 산수유 차가 이렇게 좋은 줄 몰랐어요."

"좋다 카나?"

"예, 어머님. 제가 한번 끓여 볼게요."

엄마는 말려 놓은 산수유를 한 움큼 가지고 부엌으로 갑니다.

"어머니, 그동안 왜 그런 생각은 안 했을까요? 원재료보다 가공해서 팔면 돈이 더 됐을 텐데."

"촌에 사는 우리야 그런 거 아나? 겨울에 놀면 뭐 하노 싶어 까는 거지."

찻물 끓는 소리가 납니다. 거실에는 식구들이 모여 앉아 산수유 열매 씨를 발라냅니다. 아빠 손이 민서 손이 점점 할머니 손처럼 붉어집니다. 엄마 손가락은 과육이 붙어 온통 빨갛습니다.

"엄마, 이렇게 해 보세요."

엄마가 민서에게 눈을 흘깁니다.

"숙제는 다 했어?"

"네."

민서가 큰소리로 대답합니다.

민서 엄마가 차를 가지고 옵니다.

"어머님, 드셔보셔요."

찻물이 곱습니다.

"어머님, 산수유는 두고 가시면 제가 팔아 볼게요."

"어머니, 내일은 바람 쐬러 갈까요?"

"그래요, 할머니. 우리 놀러 가요. 놀이동산 가서 신나게 놀아요."

"그럴까?"

할머니가 빙그레 웃으며 민서 엉덩이를 토닥입니다.

민서가 어깨를 우쭐거리며 차 맛을 봅니다.

"아이, 퉤, 으으 셔."

민서가 얼굴을 찡그리며 호들갑을 떱니다.

"호호호. 어미야, 꿀 좀 넣어 줘라. 산수유만 무면 떫고 시다카이."

할머니가 소리 내어 웃습니다. 민서 아빠, 엄마도 함께 웃습니다.

《시와 동화》 2018년 겨울 86호에 수록)

꽃돌을 싣고 가는 유모차

할머니는 두 손으로 허리를 힘주어 받쳤어요. 그래도 잘 펴지지 않아 허리를 틀어 올려다봤어요. 목련 꽃봉오리가 하얗게 부풀어 올랐어요. 눈이 시린 듯 할머니는 눈을 가늘게 떴어요. 바람도 없는데 나무에서 무엇이 툭 떨어졌어요. 할머니는 허리에서 손을 떼고 땅바닥에 떨어진 털이 보송한 겨울눈 껍질을 내려다보았어요. 할머니 허리가 휘어져 구부정했어요.

경비실에서 나오던 아저씨가 할머니를 보았어요.

"할머니, 오늘도 나오셨어요? 아직 나온 게 없는데."

아저씨 말에 할머니가 돌아서며 말했어요.

"혹시나 하고 나와 봤다오. 부탁하오."

아저씨는 구부정한 자세로 걸어가는 할머니를 바라보았어
요.

아파트에서 나온 할머니는 쉬고 싶어 버스 정류장 의자에
앉았어요. 허리를 손으로 툭툭 두드리는데, 다른 할머니가
보행기를 밀고 왔어요.

'저건 걷다가 앉을 수도 있겠구먼. 휴!'

할머니 한숨이 깊어요.

열흘 전이었어요. 볕이 따스해서 산책을 나온 할머니는 우
연히 유모차 한 대를 보았어요. 낡아 보이는 유모차였어요.
바구니는 금방이라도 떨어질 듯 덜렁댔고요, 바퀴는 구를 때
마다 삐걱삐걱했어요. 아이는 엄마 손을 잡고 걷고, 엄마는
빈 유모차를 밀고 있었어요.

할머니는 유모차를 따라갔어요. 유모차는 할머니 집 근처
아파트 안으로 들어갔어요. 그런데 할머니가 걸음을 멈추고
잠시 숨을 고르는 사이 그만 엄마의 유모차를 놓치고 말았어
요. 두리번거려봤지만 어디로 갔는지 알 수 없었어요.

'버릴지도 모르는데……'

할머니는 집에 돌아와서도 유모차가 자꾸 눈에 밟혔어요.

다음날, 할머니는 유모차를 놓친 아파트 동 경비실을 찾아 갔어요.

"저기, 이런 부탁하기가 좀 그런데, 내가 꼭 좀 필요해서 그러니, 혹시 못 쓰고 내 놓는 유모차가 있으면, 아니, 내가 어제……."

경비 아저씨는 할머니의 다음 말을 기다렸어요.

"어제 여기서 본 유모차가 있는데, 고쳐 쓸지 버릴지 모르겠는데, 혹시나 안 쓴다고 그러면 좀 챙겨 주시겠소?"

할머니는 어렵게 말을 끝냈어요.

"그러죠. 쓸 만한 게 나오면 제가 할머니 댁에 갖다 드릴게요. 댁이 어디세요?"

"아니라오. 내가 자주 와 보겠소."

할머니는 동네 언저리 비닐 온실에 산다는 말을 차마 하지 못했어요. 한평생 열심히 살아온 것이 부끄럽지는 않지만, 늘그막에 변변한 집도 한 칸 없이 혼자 사는 걸 보이고 싶지 않았어요.

그날부터 할머니는 거의 날마다 아파트로 갔어요.

유치원에 갈 준비를 하던 아이가 가기 싫다고 떼를 썼어요.

"그럼, 유모차 타고 갈까?"

엄마가 현관 구석에 있는 유모차를 가리켰어요.

아이가 고개를 끄덕였어요. 엄마는 유모차를 현관 밖으로 내놓았어요. 아이가 유모차에 냉큼 올라탔어요. 유모차는 순간 휘청했어요. 겨우내 자란 아이 몸무게를 견디지 못해 그런 거였어요.

유모차는 노란 꽃이 핀 산수유나무 아래를 지났어요. 새순이 돋은 화살나무 곁도 지났어요. 햇빛은 맑고 바람은 부드러웠어요. 아이가 달랑달랑 발짓을 했어요. 유모차는 삐걱삐걱, 비틀비틀했어요.

화단 앞을 지날 때였어요.

"어머나."

엄마가 보라색 작은 꽃들을 보았어요.

"제비꽃이야. 벌써 폈네."

"나도, 나도 볼래."

아이가 내리려고 버둥댔어요. 엉덩이를 들썩이며 일어나려고 했어요. 순간 아이 손에 잡혀 있던 손잡이가 그만 뚝 끊어져 버렸어요. 그 바람에 아이 몸이 중심을 잃었어요. 엄마가 넘어지려는 아이를 얼른 붙들었어요.

"어휴, 큰일 날 뻔 했어."

엄마는 아이를 안아 유모차에서 내렸어요.

"이젠 더 못 쓰겠네."

망가진 유모차는 아파트 쓰레기장 목련나무 아래에 놓여졌어요. 등받이에는 폐기물 스티커가 붙어 있었어요.

먼 동쪽 하늘이 희붐히 밝아 왔어요.

밤잠을 잊고 꽃봉오리를 부풀리던 목련이 새하얗게 빛났어요.

순찰 나가는 길이었던 아저씨가 목련나무로 향했어요.

"어허, 이제야 쓸 만한 게 나왔군."

유모차는 아저씨 손에 들려 경비실 앞으로 옮겨졌어요.

할머니는 오늘도 혹시나 하고 일찌감치 아파트로 왔어요.

"할머니!"

아저씨 목소리가 들떠 있었어요.

할머니가 구부정한 허리를 들썩이며 잰걸음으로 다가왔어요.

"어때요. 쓰실 만 하겠어요?"

아저씨가 접혀 있던 유모차를 펴 보였어요.

"암요. 쓰고 말고요. 고맙소."

할머니가 유모차를 밀었다 당겼다 했어요. 그러는 할머니 얼굴에 웃음이 번졌어요. 아저씨가 유모차 등받이에 붙은 폐기물 스티커를 떼어 냈어요.

할머니가 아저씨에게 또 한 번 고맙다고 인사했어요. 그러고는 유모차를 앞세우고 걸었어요. 그런데 몇 걸음 걷지 않아 할머니가 휘청했어요.

"할머니, 괜찮으세요?"

아저씨가 놀라 달려왔어요.

"……괜찮소."

"유모차 앞이 들리나 본데, 할머니 잠시만이요."

아저씨가 경비실 근처에서 벽돌 하나를 가져왔어요.

"유모차가 할머니를 모시고 다니는 게 아니라 할머니가 벽돌을 태우고 다니시겠는걸요, 허허."

아저씨가 웃으며 벽돌 한 장을 유모차 앞쪽에 얹고 끈으로 묶었어요.

"정말 고맙소."

할머니는 유모차를 힘주어 밀었어요. 돋을볕이 할머니와

유모차를 비추었어요. 할머니는 아파트를 나와 근처 밭 쪽으로 걸었어요. 밭머리 옆에 비닐 온실 한 채가 있었어요.

"여기가 우리 집이다. 사는 게 이렇구나."

할머니는 좀 미안한 표정으로 유모차에게 말했어요.

온실 옆으로 허름한 헛간이 있고 수돗가에 장독 세 개가 있었어요. 햇살이 장독 뚜껑 위에서 반짝거렸어요.

할머니는 유모차를 비닐 온실 문 앞에 세워 두고 요리조리 살폈어요. 구멍 난 바구니가 덜렁덜렁했어요.

"실을 것이 있으면 어떻게든 붙여 보겠구먼."

할머니는 바구니를 아예 떼어 냈어요. 끈을 풀어 벽돌을 들어내고 깔개와 햇빛 가리개도 벗겼어요.

"애들 태울 때는 이것저것 필요한 게 많지만, 늙은이는 그렇지 않지. 한데 이건 어쩐다?"

할머니는 한쪽이 끊어진 손잡이를 쓰다듬었어요. 손잡이는 아이 엄마가 곱고 예쁜 천으로 덧입힌 듯 했어요. 할머니는 벽돌을 묶었던 끈으로 유모차 손잡이를 제자리에 묶었어요.

"자, 이젠 다 됐는데……."

할머니는 말끝을 흐리며 벽돌을 보았어요. 그러더니 벽돌을 손바닥으로 다독다독하며 말했어요.

"고맙소."

할머니는 벽돌을 가져다 장독대 옆에 놓았어요. 그 대신에 거기서 둥근 돌 하나를 가져왔어요. 돌은 할머니가 오이지 담글 때나 들깻잎 삭힐 때 누르던 거였어요. 오래된 얼룩이 묻어 있었어요.

"먹을 식구들이 많을 때가 좋았지. 이젠 뭘 누를 일도 없으니 이렇게라도 쓰자구나."

혼잣말하는 할머니 얼굴에 쓸쓸한 빛이 떠올랐어요. 돌을 유모차 품에 올려놓고 할머니는 한 발짝 물러났어요.

"어디 보자. 맨몸이 좀 그렇구나. 가만 있어보렴."

할머니는 방에서 보자기를 가지고 왔어요. 보자기 색이 알록달록했어요. 할머니는 돌을 보자기에 솜씨 좋게 쌌어요.

"허허, 꽃송이 같구면. 아기 대신 꽃돌이라. 잘 부탁한다."

잠시 후, 할머니는 길을 나섰어요. 발걸음이 가벼웠어요. 통통하게 물이 오른 파밭을 구경했어요. 새싹이 돋는 밭두렁 구경도 했어요. 꽃돌을 실은 유모차에 가슴을 기댄 할머니는 천천히 걸었어요.

(10인 동화집 『꽃돌을 싣고 가는 유모차』 수록)

골목길

신월 할머니는 동이 트기 전에 집을 나섭니다. 골목을 나와 감나무집 앞에서 발걸음을 멈춥니다. 대문을 빼꼼 열고 들여다보다 얼른 돌아섭니다. 늘그막에 병을 앓다 아들네로 간 감나무댁 일이 남일 같지 않습니다.

'지난밤 꿈에 왜 보였을꼬……?'

신월 할머니는 대추밭 끄트머리에 있는 남편 무덤을 둘러보고 오는 길입니다. 발짓으로 길가 환삼덩굴을 치우는데 자동차 한 대가 골목길로 접어듭니다. 자동차는 감나무집 앞에서 멈춥니다. 젊은 남자가 차에서 내려 대문을 활짝 연 뒤 다시 차를 몰아 마당으로 들어갑니다. 지켜보다 바삐 걸음을 옮깁니다.

마당에는 젊은 부부가 짐을 옮기고 있습니다. 마루에는 잠이 덜 깬 듯 여자 아이가 눈을 부비며 앉아있습니다.

"누구요?"

대문 안으로 들어서며 묻습니다. 상자를 내리고 있던 젊은 남자가 다가와 고개를 숙입니다.

"저희는 다음 달에 여기로 이사 올 사람입니다. 그 전에 손을 좀 볼까 해서요."

"그렇구먼. 어찌 젊은 사람들이 촌동네로 이사 올 생각을 했을꼬?"

젊은 남자는 웃기만 합니다.

"일 보구려."

신월 할머니는 흘깃흘깃 돌아보며 감나무집을 나옵니다. 골목 안 앞집 담벼락에서 빈틈을 비집고 올라온 잡풀을 잡아 뽑습니다. 뽑은 지 며칠 되지 않았는데 그새 또 자랐습니다. 혀를 찹니다. 금간 담도 그렇고, 아무데나 뿌리를 내리는 풀도 보기 싫습니다. 골목 끝에서 까치발을 하고 감나무집 담장을 넘겨다봅니다.

어제 먹고 남은 된장찌개를 데우려다말고 부랴부랴 감나

무집으로 갑니다.

"이보오, 새댁!"

수돗가에 앉았던 젊은 여자가 일어섭니다.

"아침은 먹었수?"

"네. 김밥 사 와서 먹었어요."

"그랬구려."

신월 할머니가 몇 발자국 걸어 나오다 돌아섭니다.

"점심은 우리 집에 와서 먹구려, 찬은 없지만. 나는 요 골목 끝집에 살구면."

"폐를 끼치고 싶지 않은데……. 네, 할머니. 이따 찾아뵐게요."

그러겠다는 대답을 듣고서야 발걸음을 옮깁니다.

신월 할머니는 부엌에서 선 채로 밥을 먹습니다. 그리고 서둘러 뒷밭으로 갑니다.

십년 전, 남편이 세상을 뜨자 논농사와 대추 농사는 남 주고 뒷밭만 남겼습니다. 봄이 오면 뒷밭에서 삽니다. 씨 뿌리고, 모종 옮기고, 김을 맵니다. 젊어서는 하루 일감도 안 되던 것을 몇날 며칠 붙잡고 있을 때도 있습니다. 그래도 눈 뜨면 할 일이 있다는 것이 좋습니다. 밭에는 남편이 생전에 심은 목단과 작약도 있습니다.

별이 따가워지기 시작합니다. 밭둑에서 부추를 베고 오이와 호박을 땁니다. 고추도 넉넉하게 땁니다.

점심때를 기다려 밥을 안치고 된장찌개를 끓입니다. 마디 굵은 손으로 전을 부치고 오이를 썰어 무칩니다. 깨와 참기름을 아끼지 않습니다. 밥상을 차려 밥보자기를 덮습니다. 하마하마 기다려도 골목길이 잠잠합니다. 기다리다 못해 집을 나섭니다.

감나무 아래 아이가 놀고 있습니다.

"뭐하니?"

"감 주워요."

아이가 손안에 쥔 감을 보여줍니다. 꼭지 채 떨어진 풋감입니다.

"쓸데없는 감은 주워 뭐하려고?"

"예쁘잖아요."

아이는 제 손바닥에 감들을 줄 지어 보입니다.

"이름이 뭔고?"

"노어진이에요."

"어진이. 그래, 몇 살이냐?"

"여덟 살이요."

"우리 손자보다 한참 어리구먼."

"엄마!"

신월 할머니는 뛰어가는 어진이 뒷모습을 보고 섰습니다.

어진이가 제 엄마, 아빠 손을 잡고 골목으로 나왔습니다.

"죄송해요, 저희들이 기다리시게 했어요."

"아녀 아녀, 늙은이가 진득하지 못해 나와 봤구먼."

신월 할머니가 앞장 서 골목을 걷습니다.

밥보자기를 걷자 어진네 식구들 눈이 동그래집니다.

"우와, 맛있겠다. 잘 먹겠습니다!"

맛나게 먹는 어진네 식구들을 보며 흐뭇하게 웃습니다. 신월 할머니도 오래간만에 맛난 밥을 먹습니다.

어진네 식구가 돌아가자 신월 할머니는 전화기를 들었습니다. 아들에게 전화하려니 쉬는 날 방해하는가 싶고, 딸에게 전화하자니 사위 눈치가 보입니다. 그냥 전화기를 내려놓고 텔레비전을 켭니다. 텔레비전을 켰지만 보는 것은 아닙니다. 단지 집 안에 사람 소리 나는 것이 좋을 뿐입니다.

뜨겁던 볕이 수그러지자 뒷밭으로 갑니다. 김을 맵니다. 풀은 한 벌 매고 돌아서면 어느새 또 자라 있곤 합니다.

밭에 산 그림자가 드리워집니다.

"할머니! 할머니 세세요?"

어진이 엄마 목소리가 마당에서 들립니다.

"여기 있구면."

호미를 든 채 부랴부랴 집으로 옵니다.

"할머니, 저희들 이제 가 보려고요. 다음 주에 또 올 거예요."

"그려요, 고생했겠구면. 잠시만."

신월 할머니는 고추와 오이, 호박이 담긴 비닐봉지를 건넵니다.

"고맙습니다."

"집은 걱정 말고……."

골목으로 나가 어진이네를 배웅합니다. 자동차가 보이지 않을 때까지 손을 흔듭니다.

신월 할머니는 날마다 감나무집에 들릅니다. 어진이 아빠가 대문을 열어두고 가끔 살펴 달라 부탁했기 때문입니다. 그제는 비가 내려 비설거지를 할 만한 게 있는지 살폈습니다.

골목에서 화물 자동차 소리가 들립니다.

마당 수돗가에서 빨래를 주무르다 말고 나가 봅니다.

"할머니!"

어진이가 달려와 배꼽인사를 합니다. 신월 할머니 얼굴에 웃음이 번집니다.

어진이 아빠가 나무를 자르고 못질하는 것을 구경합니다.

"뭐하는 사람이오?"

"학교에서 아이들 가르칩니다. 선친이 목수여서 저도 만드는 걸 좋아합니다."

"그렇구먼. 솜씨가 예사롭지 않네."

"할머니, 혹시 안 쓰시는 그릇들이 있을까요?"

어진이 엄마가 조심스레 묻습니다.

"그릇으로 뭐 하려오?"

"꽃을 좀 심으려고요."

"찾아보면 있을 것이구먼."

신월 할머니가 대문을 나서자 어진이도 따라 나섭니다.

"할머니는 꽃 싫어하세요?"

엄마 손을 잡고 골목을 둘러보던 어진이가 묻습니다.

"꽃을 싫어하는 사람도 있남. 그건 왜 물어?"

"골목에 아무것도 없잖아요."

"말끔한 게 좋지."

"저는 꽃 있는 게 좋은데……. 할머니, 여기 꽃 있어요!"

어진이가 가리키는 대문간을 봅니다. 신월 할머니가 키우는 냉이입니다.

"그건 씨 할 거란다."

"예뻐요."

신월 할머니는 냉이 앞에 쪼그리고 앉은 어진이를 보다 집 안으로 들어옵니다.

안 쓰는 물건들을 찾습니다. 소 먹일 때 쓰던 구유, 금 간 항아리 뚜껑, 손잡이가 떨어진 바가지, 양철 양동이 등이 마당으로 나옵니다. 버리지 못하고 쌓아 둔 것들입니다. 어진 엄마는 어진 아빠 힘을 빌려 모두 집으로 가져갑니다.

신월 할머니는 일복 차림으로 마루에 앉아 숨을 돌립니다. 무연히 대문간을 바라봅니다. 옛일을 생각합니다.

신월 할머니는 스물한 살에 시집 왔습니다. 시집온 지 얼마 지나지 않아 봄을 맞았습니다. 시부모 아침을 챙긴 후, 밥 광주리를 이고 남편이 일하는 논으로 갔습니다. 논은 산 하나를 넘는 골짜기에 있었습니다. 해가 저물어 고개를 넘을 때는 산짐승이 나타날까 봐 가슴 졸였습니다. 산골짝 논농사는 고달팠습니다. 가을걷이는 더 고됐습니다. 일일이 지게로 볏단을 져 날라야 했습니다. 남편을 도와 머리에 이고 날랐습니다. 볏단을 산마루에 쌓았다가 집 마당으로 옮겼습니다. 골목길이 닳아 흙보다 돌이 많아졌습니다. 소원이 들판에 있는 논을 사는 거였습니다. 소원은 자식 넷을 낳고서야 이루어졌습니다. 시아버지는 들에서 난 쌀로 지은 밥을 일 년 정도 드시다 돌아가셨습니다. 농사일은 점점 바빠졌습니다. 자식들도 쑥쑥 자랐습니다. 남편은 손수레로 농작물을 날랐습니다. 자식들이 아버지가 힘들게 끄는 수레를 뒤에서 밀었습니다. 돌이 많은 골목길은 힘이 배로 들었습니다. 남편이 흙을 퍼와 골목길에 깔았습니다. 그러나 큰비가 오면 흙이 씻겨 내려갔습니다. 골목길을 포장하자고 남편을 졸랐습니다. 골목을 시멘트로 깔던 날, 장정들 틈에서 힘든 줄 모르고 일했습니다. 단단하고 환해진 골목길이 좋았습니다. 시멘트 때문에 탱자나무가 하얗게 말라 죽어도, 더 이상 비오는 날 두꺼비가 기어 나오지 않아도 아무렇지 않았습니다. 점점 살림이 불어나 남편이 모는 경운기를 타고 골목을 드나들었습니다. 자식들은 골목 어귀로 들어서는 경운기 소리를 들고 마중 나왔습니다. 세월은 빨랐습니다. 자식들이 자라 차례대로 도회지로 나갔습니다. 이웃집 자식들도 떠난 골목에는 어른들만 남았습니다. 지팡이를 짚고 골목길을 다니던 시어머니도 꽃상여를 타고 떠났습니다. 남편도 허망하게 갔습니다. 점차 골목은 비어 갔습니다. 이제 신월 할머니만 남았습니다.

돌이켜보니 육십 년 가까운 세월입니다. 그 세월이 눈 깜짝할 사이에 지나간 듯합니다. 신월 할머니가 허허롭게 웃습니다.

신월 할머니가 일어나 골목으로 나갑니다. 새삼스레 골목을 찬찬히 살핍니다. 담장은 기울어져 있고, 벽돌에 바른 시멘트는 들떠 있고, 담벼락은 이끼로 덮였습니다. 골목길도 늙었습니다.

내친걸음에 어진네로 갑니다. 대문을 들어서던 신월 할머니가 깜짝 놀랍니다. 집에서 가져간 물건들이 모두 화분으로 변했습니다.

"오메, 이쁜 것!"

금간 항아리 뚜껑에 키 작은 채송화가 심겨져 있습니다.

신월 할머니가 그 앞에 쪼그리고 앉습니다.

"참말 손재주가 좋은 사람이구먼."

신월 할머니는 옆으로 와서 앉는 어진이를 돌아봅니다. 늙은이 혼자 사는 골목에 어린아이가 이사 온다는 것이 믿기지 않습니다.

'감나무댁이 먼 길 떠나면서 보내 온 사람들 같구먼.'

쓸쓸한 빛이 떠오른 신월 할머니 얼굴을 어진이가 올려다봅니다.

신월 할머니가 어진이 머리를 쓰다듬습니다.

"할머니, 내일 뭐 하세요?"

"일 없어. 할미는 날마다 심심하구먼."

"그럼 저랑 놀아요."

"좋지. 그래, 뭐 하고 논다냐?"

"담에 그림 그릴 거예요."

"그림을 그린다고? 담벼락에다?"

"네, 할머니는 어떤 그림이 좋아요?"

"글쎄다. 생각해 본 적이 없구먼."

한밤중에 잠이 깼습니다. 텔레비전은 어제 했던 드라마를 다시 보여 주고 있습니다.

'그림을 그린다고?'

상상이 되지 않습니다. 뒤척거리다 골목길을 떠올립니다.

'그때가 좋았었구먼. 자식들 배곯을까 봐 죽자고 일만 했어도 골목이 떠들썩할 때가 말이여. 그러고 보니 골목에 꽃 피던 시절도 있었구먼. 담장 밑에 봉숭아꽃도 있었고, 모퉁이에 탱자나무 꽃도 있었지. 대문간에 장미넝쿨도 있었고, 구절초도 있었네. 그때는 나도 젊었었구먼.'

모로 돌아눕는 신월 할머니 입가에 웃음이 떠오릅니다.

신월 할머니가 집을 나섭니다. 골목이 어제와 달라 보입니다. 신월 할머니 발밑에 부스러져 깨진 시멘트 조각이 밟힙니다. 발길을 멈추고 자세히 봅니다. 담장 밑 벌어진 틈에서 민들레 싹이 올라오고 있습니다. 조심조심 자리를 넓혀 줍니다.

남편 무덤에 다녀오는데 어진네 식구들이 물감 통을 담장 아래로 옮기고 있습니다. 식구들 얼굴이 밝습니다.

"할머니, 안녕히 주무셨어요?"

"어진이도 잘 잤냐?"

신월 할머니가 어진이와 눈높이를 맞추며 웃습니다.

"할머니는 어떤 그림 그릴 거예요?"

"골목 안은 그냥 놔 둘 거여."

"우리 엄마 그림 잘 그리는데……."

"그려? 어진이는 좋겠네, 엄마가 그림 잘 그려서. 할미는 어진이가 어서 이사 왔으면 좋겠구먼."

밝은 햇살이 담벼락을 비춥니다. 신월 할머니는 연필을 쥔 어진이 엄마 손길을 눈으로 좇습니다. 해바라기 꽃밭입니다. 어진이 엄마가 건네주는 앞치마를 두릅니다. 붓에 노란 물감을 묻혀 꽃잎을 칠합니다. 낮은 곳은 어진이가 칠하고 높은 곳은 신월 할머니가 칠합니다.

"할머니, 재미있죠?"

어진이가 쳐다보며 웃습니다. 신월 할머니가 몸을 숙여 어진이에게 귀엣말을 합니다.

"할미가 이런 그림 꽃 말구 진짜 꽃 보여 줄게. 밭에 가면 호박꽃, 깨꽃, 온갖 꽃들이 얼마나 이쁘다구."

"정말요? 아이 좋아라!"

신월 할머니가 사는 골목길에 오랜만에 웃음꽃이 핍니다.

(《시와 동화》 2020년 가을 93호에 신인 추천)

설

1

바람 없고 햇살 따스한 날입니다.

"영순아!"

집 뒤쪽에서 아버지가 부릅니다.

"예!"

대답하며 뛰어갑니다.

아버지는 둑 위에 있는 장작더미 덮개를 여미고 있습니다.
둑 아래에는 잘 마른 장작개비가 수북이 떨어져 있습니다.
한 팔을 펴고 장작개비를 올립니다. 한 아름 안아 부엌 불쏘

시개 옆에 내려놓습니다. 다시 가지러 가는데 영복이가 앞서 갑니다.

"나도 할래."

"안 돼, 넘어지면 큰일 나."

잰걸음을 놀려 동생을 비켜 갑니다. 그새 아버지는 장작개비 한 아름을 쇠죽솥 앞에 옮겨다 놓았습니다.

영복이가 앞니 빠진 얼굴로 장작개비 두 개를 안고 따라옵니다.

엄마가 큰솥 아궁이에 불을 지핍니다. 아버지는 우물물을 길어 큰솥과 작은 솥에 가득 채웁니다. 장작불이 활활 타오르고 커다란 고무 통이 부엌 안에 놓입니다. 고무 통에 뜨거운 물과 찬물을 섞습니다. 하얀 김이 엄마 손길을 따라 춤을 춥니다.

"영순아!"

영복이가 먼저 옷을 훌훌 벗더니 고무 통 속으로 들어갑니다.

"앗, 뜨거."

물속에서 팔짝팔짝 뛰는 모습을 보니 걱정입니다. 뜨거운 물이 싫습니다. 지난번에도 고무 통을 두 손으로 잡고 발끝을 물에 넣었다 뺐다 하다 등짝을 맞았습니다. 감기 들겠다는 엄마 재촉에 겨우 두 발을 들여놓았지만, 몸을 담그기까지 몇 번이나 엉덩이를 들었다 놨다 했는지 모릅니다. 팔짝거리던 영복이가 물속에 풍덩 몸을 담급니다.

"안 뜨거워?"

"숨 꼭 참으면 괜찮아."

숨을 꼭 참아 봤지만 역시 너무 뜨겁습니다.

"엄마 뜨거워요."

엄마가 손을 넣어 물을 휘휘 젓습니다.

"뜨겁긴 뭐가 뜨겁다고 그래. 얼른 들어가."

참습니다. 살갗이 따끔따끔 간질간질합니다. 엄마가 때를 밀어 줍니다. 아픕니다. 엄마 손에서 벗어나 보려 해 보지만 엄마가 잡아당겨 쓱쓱 밉니다.

"아파요."

"아프긴, 뭐가 아파. 이 때 좀 봐라."

아파도 참습니다.

'나는 이다음 어른이 되면, 내 아이가 뜨겁다고 하면 찬물 섞어 줄 거야, 아프다고 하면 살살 밀어 줄 거야.'

다짐합니다. 꼭 그럴 겁니다.

2

미리 이불 속에 넣어 둔 옷을 입고 이불 속에 쏙 들어가 누웠습니다. 따뜻합니다.

"영순아!"

엄마가 부릅니다.

"예!"

엄마는 헹굼한 목욕물에 빨랫감을 담그고 있습니다.

"할머니한테 옷 갈아입으시라고 해라."

할머니 방 방문을 열자 쿰쿰한 냄새가 납니다. 할머니는 반으로 자른 사과를 숟가락으로 긁고 계십니다. 사과즙이 공중으로 흩어집니다.

"할머니, 옷 갈아입으시래요."

할머니 귀에다 대고 크게 말합니다.

"옷? 무슨 옷을 또 갈아입어?"

치아가 없는 할머니는 긁은 사과를 입에 넣고 호물거립니다.

"엄마 빨래한대요."

"됐다."

"할머니!"

할머니를 졸라 보았지만 할머니는 쌕쌕 숨을 몰아쉬며 사과만 긁습니다. 사과 껍질이 투명할 정도로 얇아졌습니다.

"엄마, 할머니 안 갈아입으신대요."

엄마가 빨래를 치대다 말고 할머니 방으로 들어옵니다. 옷을 갈아입을 때마다 벌이는 실랑이입니다.

'할머니는 왜 옷을 안 갈아입으시려고 하지? 빨래하느라 힘든 건 엄만데.'

알 수 없습니다.

할머니 방에서 나온 엄마가 옷 뭉치를 빨래 그릇에 넣더니 빨래판에 대고 북북 치댑니다. 아버지는 숫돌에다 칼을 갈고 있습니다. 엄마가 칼질하다 손을 베일까 봐 여러 번 날을 확인합니다. 애벌빨래가 끝나자 아버지가 빨래 그릇을 지게에 얹습니다.

"영순아!"

엄마가 빨랫대야를 옆구리에 낍니다. 빨랫방망이와 걸레가 담긴 대야를 옆구리에 끼고 엄마를 따라 갑니다. 집에서는 불지 않던 바람이 냇가에 가니 붑니다. 냇물이 얼어 응달에는 녹지 않은 눈이 있습니다. 엄마는 얼음장 아래로 흐르는 물에 빨래를 주물러 헹굽니다. 금세 손이 빨개집니다. 빨래에서도 엄마 손에서도 김이 올라옵니다. 옆집 아주머니도 빨래하러 왔습니다. 아주머니는 빨간 고무장갑을 끼고 있습니다. 큰딸이 사다 준 거라고 했습니다.

"날씨가 포근해서 빨래하기 좋네."

엄마는 옆집 아주머니에게 인사하면서도 손을 쉬지 않습니다.

빨간 고무장갑이 물속으로 빨랫돌로 오가는 모습을 보고 새빨개진 엄마 손을 봅니다. 걸레를 빨려고 물에 담그는데 손이 얼어붙는 듯합니다.

"손 시리다. 놔둬라."

"고무장갑 빌려줄까?"

빨래를 끝낸 옆집 아주머니가 묻습니다.

"괜찮아요. 다 끝나가요."

옆집 아주머니가 가자 엄마는 두 손을 겨드랑이에 낍니다.

'크면 우리 엄마 고무장갑 꼭 사 드릴 거야.'

소원이 생겼습니다.

3

오늘은 자인장이 서는 날입니다.

"영순아, 밥은 아랫목에 묻어 놨다. 동생 잘 보고. 영복이는 누나 말 잘 듣고. 할머니는 앞집에 가실 거야."

엄마가 목에 감은 목도리 자락을 여미며 당부합니다. 아버지는 벌써 버스를 타러 나갔습니다. 엄마가 할머니께 인사를 하더니 종종걸음으로 대문을 나섭니다. 엄마 뒤를 따라갑니다. 영복이도 따라 옵니다.

"춥다, 들어가."

엄마가 돌아보며 손사래를 칩니다. 아버지와 엄마가 버스에 오르는 걸 지켜봅니다. 유리창이 뿌예서 안이 보이지 않습니다.

"누나야, 엄마가 맛있는 거 많이 사 왔으면 좋겠다."

"그러실 거야."

돔베기, 조기, 고등어를 떠 올립니다. 할머니 드릴 박하사탕도 사 오실 겁니다.

골목에서 할머니와 마주쳤습니다. 쌕쌕 숨을 몰아쉬며 지팡이 짚은 손에 다른 손을 올리고 허리를 폅니다.

"이따 콩나물에 물 좀 줘라."

"예."

대답도 하고 고개도 끄덕입니다.

집이 조용합니다.

"누나, 뭐 하고 놀지?"

"방학 숙제 다 했어?"

"아니. 그림일기 안 썼어."

일기. 날씨와 제목만 써 놓고 못 쓴 날이 여러 날 됩니다. 방바닥에 배를 깔고 엎드려 일기장을 펼치자 영복이도 따라 합니다.

"누나, 1월 15일 날씨가 어땠어? 그 날 내가 뭐 했더라?"

"눈 왔어. 마당에서 치운 눈으로 미끄럼틀 만들어서 놀았고."

일기장에서 찾아 알려 줍니다.

"맞다. 고드름 싸움도 했다."

그 날 일이 생각났는지 영복이는 고개를 외로 꼬고 그림을 그립니다.

"누나, 16일은? 17일은?"

영복이가 자꾸 묻습니다.

"몰라."

그만 동생이 귀찮아집니다. 일기장을 덮고 일어납니다.

"누나!"

동생을 떼어 놓을 궁리를 합니다.

"우리 숨바꼭질 할까?"

"싫어. 누나, 우리 찐쌀 강정 찾아볼까?"

"엄마한테 혼나려고?"

찐쌀 강정을 떠올리자 군침이 돕니다. 엄마는 뻥튀기 장수가 마을에 들어오자 쌀, 보리, 옥수수, 콩을 튀겼습니다. 솥뚜껑을 뒤집어 놓고 튀긴 곡식을 조청에 버무린 다음, 고르게 펴서 네모지게 잘랐습니다. 구경하고 있으면 가장자리 조각을 주었습니다. 그런데 찐쌀 강정은 먹을 게 없습니다. 추수를 끝낸 논에서 이삭을 주워 물에 담갔다 쪄 다시 말려 볶아

만드는 찐쌀은 양이 얼마 되지 않습니다. 오도독오도독 제일 맛있는데 말입니다.

"좋아."

제일 먼저 광문을 열어 봅니다. 어두컴컴한데다 서늘한 기운에 얼른 문을 닫습니다.

"여긴 없는 것 같아."

"뒤에 있는 광에 있을지도 몰라."

영복이가 앞장 서 갑니다. 고무 통과 멍석 등이 보입니다.

"누나, 여기서 무슨 소리가 나."

영복이가 엎드려 항아리에 귀를 기울입니다. 보글보글, 폭폭.

정말입니다. 조심조심 항아리 뚜껑을 열어 봅니다. 시큼달달한 냄새가 납니다. 둥둥 뜬 밥알 사이에서 나는 소리입니다.

"단술인가 봐."

영복이가 자신 있게 말합니다. 고개를 갸웃거리며 들여다보는 사이 영복이가 숟가락을 가지고 뛰어옵니다. 한술 떠먹더니 맛있다며 숟가락을 건네줍니다. 먹어 보니 달큰한 것이 맛나긴 합니다. 한술, 또 한술.

"그만 먹자. 엄마한테 혼나겠다."

뚜껑을 덮고 일어나는데 영복이가 휘청거립니다.

"누나야, 어지럽다."

얼른 영복이를 붙잡습니다. 가슴이 콩닥콩닥합니다.

"업혀."

영복이를 업고 할머니 방으로 갑니다. 휘청휘청, 하마터면 나뭇가리에 처박힐 뻔했습니다. 신발이 벗겨지는 줄도 몰랐습니다.

4

탕, 탕, 탕 방아 찧는 소리가 동네를 울립니다. 하늘은 구름한 점 없이 파랗고 햇살은 눈부시게 맑습니다. 앞산 응달에는 얼마 전에 내린 눈이 녹지 않고 남아 있습니다. 코끝이 찡하도록 매운 날씨입니다.

엄마가 조리로 일러 소쿠리에 바쳐 놓았던 쌀에 보자기를 씌우는 걸 봅니다.

"아버지한테 준비 다 됐다고 말씀드려."

"예."

뒷밭으로 뛰어갑니다. 아버지는 무 구덩이 앞에 엎드려 세
십니다. 입구를 막아 놓았던 짚더미를 한쪽 무릎 아래 깔고
고개를 왼쪽으로 돌린 채 한 손으로는 땅을 짚고 한 손은 구
덩이 깊숙이 넣었습니다. 꽁지에 흰 털이 부숭부숭 난 무가
아버지 손에 딸려 나옵니다.

집과 뒷밭이 이어진 둑에 서서 아버지를 부릅니다.

"아버지! 엄마가 준비 다 됐대요."

"알았다."

아버지가 무를 다 꺼낼 때까지 지켜봅니다. 아버지는 비닐
포대에 무를 담고 무릎 자국이 난 짚더미로 다시 구덩이 입
구를 꼼꼼하게 틀어막습니다. 손을 툭툭 털더니 한쪽 어깨에
무 포대를 얹습니다. 아버지 뒤를 따라갑니다.

부엌 한쪽에는 잘 마른 장작개비가 쌓여 있고, 그 옆에는
솔가지와 솔잎이 한 무더기 있습니다. 조금 사이를 둔 곳에
는 동치미 독과 쌀독이 나란히 있습니다. 그 앞에 모래를 담
아 밤을 묻어 놓은 작은 독이 있는데 그 옆에다 아버지는 무
포대기를 세워 놓습니다. 엄마는 그사이 아침 설거지에 쓰고
남은 미지근한 물을 한 바가지 퍼와 대야에 부어 놓습니다.

"방앗간 집한테 소금 안 넣었다고 해요. 영순이 너는 기다렸다 순서 되면 얼른 쫓아오고."

"예."

옆에 섰던 영복이가 엄마 옷자락을 잡고 흔듭니다.

"엄마, 누나 따라 갈래요."

"방앗간에서 장난치면 위험해."

"장난 안 칠게요. 누나 말 잘 들을게요. 네?"

아버지는 마당에 발채가 없는 지게를 가져다 작대기로 받혀 놓습니다. 얼른 달려가 지게 다리를 잡습니다. 영복이도 달려와 지게 한쪽 다리를 잡습니다. 아버지는 떡쌀이 담긴 그릇을 지게에 얹고 밧줄로 엮어 맵니다.

"영복이 누나 말 잘 들을 거야?"

"예!"

아버지가 묻자 영복이가 씩씩하게 대답합니다.

상엿집을 지나자 방앗간이 보입니다. 영복이가 앞서 뛰어갑니다. 아버지는 지게 작대기를 팔에 끼고 걷습니다. 아버지 발걸음에 맞춰 걸어 봅니다.

아버지가 양철 문을 밀자 삐걱거리는 소리와 함께 열립니다. 요란한 소리가 먼저 달려듭니다. 영복이가 맨 뒤에 섭니다. 햇빛에 가루와 먼지가 잔뜩 앉은 대들보와 기계가 드러납니다. 모서리에는 먼지가 달라붙은 거미줄이 늘어져 있습니다. 방앗간 오른쪽 도정기 앞에는 남자 어른들이 와르르 쏟아지는 쌀을 들여다보고 있습니다. 언젠가 아버지를 따라왔다가 방앗간 아저씨의 아슬아슬한 곡예를 본 적 있습니다. 아저씨는 얼굴이 벌게지도록 발동기를 돌리더니 한 손에 고무벨트를 들고 기계를 노려봤습니다. 어느 순간, 돌아가는 기계에 고무벨트가 걸리고 탕, 탕, 탕 방아 찧는 소리가 났습니다. 아저씨 손이 빨려 들까 봐 가슴이 조마조마했습니다.

주춤거리는 사이 아버지는 지게에서 쌀 그릇을 내려 줄을 세웁니다. 여섯 번째입니다.

"소금 안 넣었단다. 너희들, 장난치지 말고 얌전히 있어야 된다."

아버지는 빈 지게를 지고 갔습니다.

동생 손을 잡고 한쪽에 서서 방앗간을 둘러봅니다. 정신없이 돌아가는 방앗간 풍경에 넋이 반쯤 빼앗깁니다. 방앗간 제일 안쪽에서는 장작불이 활활 타오르고, 시루에서는 연신 김이 뿜어져 나옵니다. 열기를 못 이긴 보자기가 팽팽하게 부풀어 오릅니다. 방앗간 아주머니는 빈 시루에다 얇은 보자기를 물에 적셔 깔고, 빻은 쌀가루를 골고루 뿌려 안치고 있습니다. 방앗간 집 큰아들은 가루를 빻는 기계를 들여다보며 떨어지지 않는 쌀알을 나무토막으로 두드려 떨어뜨리고 있습니다. 탕탕! 양철 소리가 요란합니다. 영복이가 움찔움찔합니다. 손을 꼭 잡아 줍니다. 긴 막대기 모양의 손잡이를 움직여 기계를 멈춘 큰아들은 옆에 놓여 있는 바가지에서 굵은 소금을 한 움큼 집어 쌀가루 속에 넣습니다. 양동이에 담긴 물을 바가지로 떠 휙 뿌립니다. 그러더니 엉거주춤한 자세로 두 손을 가루 속으로 집어넣어 휘휘 섞습니다. 쌀가루가 몽글몽글 뭉쳐집니다. 그러자 손가락에 붙은 쌀가루를 비벼 떼어내더니 벌떡 일어나 그릇을 기계 위에 올려 쌀가루를 다시 통 속에 쏟아 붓습니다. 기계 손잡이를 당기니 더 고운 가루가 쏟아져 내립니다. 자리를 옮긴 큰아들은 시루에서 다 익은 떡을 쏟고 몽둥이로 꾹꾹 눌러 구멍으로 집어넣습니다. 방앗간 주인아주머니는 두 개의 구멍으로 밀려 나오는 가래떡을 한 손으로는 받고 한 손에는 가위를 들고 적당한 길이로 잘라 물에 담급니다.

"영순아, 부엌에 가서 접시 하나 가지고 올래?"

인사도 못 하고 서 있는데 아주머니가 심부름을 시킵니다.

영복이 손을 잡고 같이 갑니다.

접시를 가져와 아주머니께 내밉니다. 아주머니가 가래떡 한 가닥을 반 잘라 줍니다. 나머지 반은 영복이에게 줍니다. 따듯하고 말랑말랑한 가래떡을 받아드니 웃음이 납니다. 영복이는 벌써 한 입 베어 물었습니다.

"영순아, 여기 있으면 정신없다. 동생 데리고 저쪽 가서 놀아라."

방앗간을 나와 양지바른 창고 앞에 앉습니다. 가래떡을 한 입 베어 뭅니다. 쫄깃쫄깃합니다.

"누나야, 빨리 우리 차례가 와서 실컷 먹었으면 좋겠다, 그치?"

영복이가 가래떡을 우물거리며 손가락으로 가리킵니다.

"저기 미정이 누나다."

미정이는 친구입니다. 아버지와 둘이 삽니다.

"미정아!"

"뭐 해?"

미정이가 다가와 물었습니다.

"방앗간에 왔어. 너는 어디 가?"

"그냥, 심심해서."

미정이가 곁에 쪼그리고 앉습니다. 남은 가래떡을 반 잘라 미정이에게 줍니다.

5

드디어 설날입니다.

"영순아!"

한복을 입고 앞치마를 두른 엄마가 깨웁니다. 눈을 비비며 일어납니다. 영복이도 벌떡 일어납니다.

어제는 작은설이었습니다. 할머니는 시루에서 콩나물을 뽑아 다듬고, 아버지는 아버지대로, 엄마는 엄마대로, 설음식을 장만하느라 바빴습니다. 덩달아 바빴습니다. 할머니도 "영순아!", 아버지도 "영순아!", 엄마도 "영순아!" 불렀습니다. 영복이는 뒤를 졸졸 따라다녔습니다.

동이 트고 있습니다. 부엌에서 따뜻한 물을 가지고 나와 세숫대야에 붓습니다. 영복이가 세숫물을 가로채 고양이 세수를 하더니 뛰어 들어갑니다. 세숫물을 구정물 통에 버리는데 뺨에 닿는 머리카락이 꾸덕꾸덕하게 느껴집니다.

영복이가 양말을 신고 내의 발목 부분을 양말 안으로 집어 넣고 바지를 입습니다. 바짓단은 접어 올립니다. 설빔입니다. 바느질 솜씨가 좋은 엄마는 옷이 헐면 다른 천을 덧대고, 옷이 작아지면 다른 천으로 잇대어 보기 좋게 만듭니다. 올 설에는 큰어머니가 보내준 비로드 천으로 치마를 만들어 주었습니다.

엄마는 쇠고기를 볶고, 달걀을 노른자와 흰자로 나누어 지단을 붙여 놓고, 떡국을 끓입니다. 할머니가 지팡이를 짚고 큰방으로 건너옵니다. 할머니도 옥색 한복을 입었습니다. 아버지와 엄마가 할머니께 세배를 드리는 동안 엄마가 절하는 모습을 눈여겨봅니다. 흉내를 냅니다. 영복이도 옆에서 넙죽 엎드려 절을 합니다.

떡국을 먹고 열한 살, 영복이는 여덟 살이 되었습니다.

큰집에서부터 큰 작은집, 우리 집, 작은집 순서대로 차례를 지냅니다. 영복이는 아버지를 따라다니며 차례를 지낼 겁니다. 우리 집 차례입니다. 마당에 멍석을 깔고 친척 남자들이 한 줄로 늘어서서 절을 합니다. 엄마 옆에서 차례 지내는 모습을 구경합니다. 영복이가 옆을 힐끔거리며 절을 합니다.

차례를 지내고 나니 세배 손님이 옵니다. 할머니는 동네

에서 나이가 가장 많습니다. 그래서 동네 사람들은 할머니
께 제일 먼저 세배를 드리러 옵니다. 엄마는 세배 손님이 일
어서기 전에 상을 내가야 한다고 합니다. 미리 세찬 담는 일
을 돕습니다. 영복이는 친구들과 어울려 세배를 하러 갔습니
다.

동네 오빠들 한 무리가 다녀가고 상을 치울 때였습니다.

"영순아!"

미정이입니다. 미정이가 대문 밖에 서서 부릅니다

"엄마, 미정이랑 놀아도 돼요?"

"……."

"엄마아!"

엄마는 말없이 채반에 담긴 세찬을 정리합니다.

미정이가 아직 있나 내다봅니다. 그때입니다.

"어디 가시나가 정월 초하루부터 남의 집을 다니나?"

변소에 다녀오던 할머니가 대문간에 선 미정이를 보고 짚
고 있던 지팡이를 구르며 호통을 칩니다. 미정이가 놀라 골
목으로 뛰쳐나갑니다. 금방이라도 울음이 나올 것 같습니
다. 아랫입술을 깨뭅니다.

"엄마는 일만 시키고, 할머니는 친구 혼내고, 힝."

"야가, 그만 해라. 엄마 바쁜 거 안 보이나."

엄마가 이마를 찡그립니다. 목소리에도 언짢아하는 기색이 담깁니다.

오후 햇살이 머물고 있는 마루에 두 무릎을 세우고 앉았습니다. 엄마가 내다보는 게 느껴집니다. 모른 척 합니다.

"영순아!"

대답하고 싶지 않습니다.

"……."

"영순아!"

마지못해 일어납니다.

엄마가 음식 보따리를 건넵니다.

"이거 미정이 집에 갖다주고 조금만 놀다 와. 할머니 아시기 전에."

"예!"

2부

할머니와 스마트폰

할머니와 스마트폰

심심하다. 다 읽은 책을 손가는 대로 펼쳐 본다. 하지만 눈에 들어오지 않는다.

할머니와 엄마는 아침 먹은 밥상을 치우지도 않고 이야기 나누는 중이다. 혼자 사는 할머니는 그동안 쌓아 놓은 이야기가 얼마나 그득한지 우리가 온 날부터 계속 말씀 중이시다. 이야기가 끝이 없다. 시간도 공간도 뒤섞인 이야기를 엄마는 가만히 듣고 있다. 듣다 보면 몇 번째 듣는 이야기도 있다. 할머니 이야기가 휴대 전화 이야기로 넘어갔다.

"전화기가 전화 한 통 하고 나면 배터리가 다 닳네."

"그래요?"

엄마가 할머니 전화기를 열었다 닫았다 했다. 할머니의 검은색 전화기는 열지 않아도 동그란 부분에 시간과 날짜가 보인다.

"지금껏 잘 썼는데. 전화기 없으면 안 되는데…….

그때, 엄마 전화기에서 '카톡' 소리가 났다.

"카톡이 뭐고? 친구가 놀러간 사진을 찍어 보냈는데 카톡을 와 안 보노, 그카더라. 내가 뭐 아나, 웃고 말았지."

엄마가 휴대 전화를 들여다보자 할머니가 옆에서 들여다보며 물었다.

"네 것도 노래 나오나?"

"예."

"영아 엄마한테 내가 골짝 밭에 가면 인적이 없어 무섭다고 하니까 노래 틀어 놓고 일하라고 하대. 사위가 스마뜬가 스마튼가 사 왔는데, 요즘 전화기는 노래도 나온다고."

"스마트폰이요."

"그래, 스마트."

"그거 쓰기 어렵나? 아랫마을 석이 아재가 스마튼가 사서 배우는데 여러 날 걸렸다 하대. 배우고 돌아서면 금방 까먹고, 두 번, 세 번 일러줬는데도 몰라서 나중에는 버스 기사한

테까지 물어봤다더라."

우리가 외갓집에 온 첫 날, 할머니는 전화번호가 적힌 종이 쪽지를 꺼내 놓았다.

"이거 입력해야 된다. 문자도 봐 봐라, 쓸데없는 거는 지우고."

할머니는 문자 확인을 겁나서 못하겠다고 하셨다. 잘못 눌러 저쪽으로 전화가 가 버리거나, 나쁜 사람들이 통장에 있는 돈을 빼간다는데 혹시나 잘못될까 봐 그렇단다. 전화도 입력된 전화번호가 아니면 잘 받지 않으셨다. 부재중 전화도 그랬다.

"정 급하면 전화를 다시 하던가 하겠지 뭐." 하셨다.

엄마가 할머니 전화기를 몇 번이나 더 열었다 닫았다 했다. 그러더니 할머니를 보고 말했다.

"우리 휴대폰 사러 가요, 엄마."

할머니는 웃으면서 "됐다."고 했다. 할머니의 '됐다'는 한 번 더 생각해 봐야 한다. 할머니는 아빠가 용돈을 드려도 "됐다."고 하시니까.

"엄마 전화 안 받으시면 우리가 불안하잖아요."

"그렇긴 하재. 그러면 너 왔을 때 바꿔 보자."

"얼른 설거지할 테니 준비하셔요."

"뭘 같이 가. 네가 알아서 사 오면 되지."

"엄마가 원하는 걸로 고르셔야죠."

"나는 그저 글씨만 크면 된다."

엄마는 할머니더러 같이 가자 하고, 할머니는 엄마 혼자 다녀오라 하고, 실랑이를 하다 결국 엄마 혼자 갔다.

"준성아!"

할머니가 불렀다. 마당으로 나왔다. 할머니는 일복을 입고 장화를 신고 계셨다.

"밭에 가시게요?"

"씨 퍼트리기 전에 김을 매야지. 지금 안 매면 나중에 배로 고생하니 우짜겠노. 준성이 혼자 두고 미안하네."

할머니가 모자를 쓰며 말했다.

"괜찮아요."

할머니는 아래채를 돌아 뒷밭으로 가셨다. 개들이 낑낑대는 소리가 들렸다.

목이 말랐다. 부엌으로 갔다. 개수대 앞에 서서 물을 마셨다. 창문으로 뒷밭이 보였다. 허리를 숙였다 폈다하는 할머니가 보였다. 나는 할머니께 가 보기로 하고 물 한 컵을 따랐다.

신발에서 햇볕이 느껴졌다. 뒷밭으로 가려면 개와 마주치게 된다. 개들이 짖었다. 꼬리를 흔들며 짖었다. 한 마리는 두 발을 울타리에 걸쳐 놓고 짖고, 다른 한 마리는 줄에 매인 채 뛰어올랐다. 심장이 두근두근 떨렸다.

지난겨울, 할머니가 우리 집에 오셨다. 할머니는 이틀 만에 내려가겠다고 하셨다. 먹이는 큰 그릇에 잔뜩 주고 왔지만, 물이 얼겠다며 개들 걱정을 하셨다. 엄마가 그만 개들을 정리하는 것이 좋지 않겠냐고 하자, 할머니는 종일 혼자 있는데 말 걸 데라도 있어야 하지 않겠냐고 했다.

밭둑으로 올라가는 길이 가팔랐다. 컵 쥔 손에 힘이 들어갔다. 할머니는 파를 옮겨 심고 계셨다. 할머니 뒤로 붉은 꽃이 흐드러지게 피었다.

"할머니!"

할머니가 돌아보았다.

"준성이 왔나?"

나는 밭고랑 사이를 비틀거리며 걸어 할머니께 갔다.

"아이고, 준성이가 다 컸네. 할미 물도 챙기고, 고맙다."

꿀꺽꿀꺽 물을 마신 할머니가 일할 때 앉는 둥그런 의자를 내밀었다. 할머니는 해를 등지고 비닐 포대 위에 앉았다.

"심심하재? 할미는 봄 되면 종일 여기서 산다. 씨 뿌리고, 옮기고, 풀 뽑고. 전에는 반나절이면 끝내던 일이 늙으니 며칠 걸릴 때도 있다."

할머니가 웃었다. 할머니 틀니가 모자 그늘 아래서 더욱 하얘 보였다.

나는 밭을 둘러봤다. 산자락 따라 길게 생긴 밭에는 무엇이 많았다. 앉은 자리 바로 옆에는 마른 낙엽 무더기가 있었다. 자세히 보니 낙엽 사이로 올라온 줄기가 있다. 통통한 줄기 끝이 꼬부라졌다.

"할머니, 이거 고사리예요?"

"맞다. 산에 오르내리는 것이 힘들어서 캐 왔더니 얼마나 수월한지 모른다. 삼 일마다 꺾어 삶아 말려 놓으면 제사 때나 명절 때 걱정 없지."

나는 잠자코 할머니 말씀을 들었다.

개 짖는 소리가 났다. 할머니가 일어나 담장을 넘겨다봤다.

"준성아, 집에 가 봐라. 할미 이것만 해 놓고 갈 테니."

발밑을 조심하며 나오다 밭둑에 핀 노란 꽃을 보았다.

오후 버스로 엄마가 돌아왔다. 엄마는 새로 사 온 전화기를 꺼냈다. 할머니가 쓰시던 전화기도 꺼냈다. 두 전화기는 똑같이 검은색에다 크기도 같았다. 버튼 위치만 달랐다. 할머니는 전화기를 바라보고만 있었다. 나는 할머니 눈치를 살폈다.

"엄마, 봐 봐요. 엄마 쓰시던 거랑 비슷해요."

"새것이 새것 같지도 않고……, 색깔이 그것밖에 없더냐?"

"흰색이 있었는데, 때가 잘 탈까 봐서요."

엄마는 할머니 반응에 당황했는지 표정이 굳어졌다. '알아서' 하는 건 역시 어렵다.

"보세요, 이렇게……. 이러면 주소록이고, 제 이름 보이죠?"

엄마는 애써 전화기 사용법을 설명했다.

"글씨가 보여야 보지. 그렇게나 글씨 큰 걸로 사 오라고 했는데."

할머니 목소리가 퉁명스러웠다. 전화기를 들여다보았다. 하늘색 바탕에 흰 글씨였다.

할머니 불만이 쏟아졌다. 하나일 때는 몰랐는데 둘이 되니 알게 되는 것들이었다. 할머니는 전화기를 열지 않아도 발신자가 보이는 것이 좋았고, 전화기에 끼운 줄은 일할 때 나무에 걸어 놓으니 좋았고, 전화가 오면 노랫소리로 내 것인 줄 알아서 좋았고, 배경 화면에 사진이 있는 게 좋았는데 새 전화기는 아니라는 것이었다.

엄마는 잠자코 할머니 불만을 듣고 있었다. 불만을 쏟아 낸 할머니는 옛날 것이 되어 버린 전화기를 보고 있고, 엄마는 새 전화기를 만지작거렸다.

"저는 엄마가 새 전화기 적응하시려면 힘드실까 봐……."

엄마 목소리에 힘이 없었다.

"……알았다. 갔다 오느라고 고생했다."

할머니도 할 수 없다는 듯 새 전화기가 들었던 상자에 헌 전화기를 담았다.

분위기가 무거웠다. 나는 방으로 들어왔다.

"왜 안 되지?"

당황한 엄마 목소리가 들렸다.

"안 되나? 이제 영상 통화하는 낙도 없나?"

할머니 목소리가 높았다. 마음이 다시 언짢아진 듯 했다.

밖을 내다보니 엄마가 명함을 들고 전화를 하고 있었다. 점
점 엄마 표정이 밝아졌다.

"바꿔 준대요. 내일 바꿔 올게요. 잘 됐다."

정말 잘 됐다.

밤이 늦었다. 나는 먼저 방으로 들어와 누웠다. 할머니의
낮은 목소리가 방 안까지 들린다.

"이제 전화기 바꾸면 죽을 때까지 쓸 건데, 죽기 전에 스마
뜬가 스마튼가 한 번 써 보면 안 좋겠나."

"그러면 그렇다고 말씀을 하시지."

"딸이 엄마 맘을 아는 줄 알았지. 아니다, 나도 내 마음을
모르겠더라. 늙으니 겁나는 게 많다. 남들 다 가진 스마트폰
이 있으면 좋겠다 싶다가도 배우기 어렵다고 하니 겁나대.
내가 좀 배웠으면 다를 란가. 여섯 살 때 네 외할머니 돌아가
시고 동생 업어 키우느라 학교 못 다녔다. 글이 배우고 싶어
야학에 다니는 동네 언니 따라가면 어리다고 들여보내 주지
않아. 그게 얼마나 원망스럽던지. 그때 창문 밖에서 익힌 게
다. 살면서 글이 짧아 서러운 적이 어디 한두 번 있었겠나.
전화기도 그렇다. 그까이 꺼 모르면 물어보지 싶다가도 겁

나고, 겁내는 게 못 배워서 그런가 싶어 서럽고. 마음이 널을 뛴다. 그래도 딸이 알아서 죽기 전에 한번 써 보라고 하면 못 이기는 척 한번 써 보지."

포옥, 휴지 뽑히는 소리가 들렸다.

팥죽색 스마트폰이 울린다. 할머니는 전화기를 바꾸러 가는 엄마에게 "팥죽색이 안 예쁘나, 노래는 〈시계 바늘〉이 좋다." 하셨다.

"시계 바늘처럼 돌고 돌다……."

할머니와 엄마는 전화기를 가운데 두고 머리를 맞댔다. 할머니는 전화를 받는 것에서부터 문자를 보고 쓰는 방법을 익혔다. 할머니가 큰외삼촌 이름을 써 보겠다고 했다. 엄마가 입으로 "기이이역." 하는데, 할머니의 뭉툭하고 굵은 손가락이 누른 건 니은이었다.

"아니, 기이이역, 다음 이이."

"아니, 두 번, 따닥, 이렇게요."

지켜보는 내 손이 근질근질, 몇 번이나 할머니 휴대 전화 위로 손이 올라갈 뻔 했다.

"아따 마, 문자는 됐다. 사진은 어떻게 찍노?"

엄마는 차근차근 할머니께 카메라 사용법을 알려 드렸다.

"이제 찍어 보셔요."

엄마가 엉덩이 걸음으로 물러나 두 손으로 브이자를 만들었다. 그리고 활짝 웃었다.

"가만 있어 봐라."

할머니는 한 손으로 전화기를 들고 다른 손 검지로 버튼을 누르려고 애썼다. 혀를 삐죽이 내민 채였다.

"찰칵!"

할머니가 사진을 찍었다.

"칠십여섯 평생에 처음으로 찍은 사진이 우리 딸이네."

할머니가 휴대 전화 속 사진을 들여다보며 말했다. 그런 할머니를 보는 엄마 얼굴이 울 듯 말 듯했다.

할머니는 휴대 전화 카메라로 나도 찍고, 사진 액자 속 할아버지도 찍고, 대문간에 핀 접시꽃도 찍었다.

올라오는 날 아침이었다. 일복을 벗고 들어오는 할머니 손에 고사리가 들려 있었다.

"준성아, 이거 봐라."

할머니는 거실 바닥에다 고사리를 가지런히 놓았다. 네 줄기다.

"봐라. 사람 사는 이치도 똑같지 싶다. 이거는 때를 맞춰 잘 꺾은 거고, 이건 꺾을 시기를 놓쳐 키가 웃자랐다. 먹을 건 요만큼밖에 안 된다. 이건 비닐 안에서 너무 일찍 피뿟고, 이건 작약 밑에 있는 걸 못 봐서 소용없게 됐다."

할머니가 한 줄기씩 가리키며 말씀하시는데, 지난밤에 들었던 할머니 이야기가 떠올랐다.

"준성아, 할미 전화기 좀 다오. 고사리 찍어 보자."

할머니는 손을 바지에 문지르더니 전화기를 열었다. 전화기를 들여다보던 할머니가 웃었다.

"아이고, 잊어뿌릿다. 어떻게 했더라?"

할머니는 사진을 찍고 찍은 사진을 어떻게 보는지 물어보셨다.

"준성이 가고 나면 누구한테 물어보지? 또 잊아뿔 건데."

"안 잊어버리려면 매일매일 사진 찍으시면 되죠."

할머니가 내 머리를 쓰다듬으셨다.

"할머니, 전화기 좀 줘 보세요."

내가 전화기를 들고 사진을 찍으려고 하자 할머니가 일어났다. 할머니는 화분 있는 곳으로 가면서 옷매무새를 고쳤다. 머리도 매만졌다. 그리고 비스듬히 옆으로 서서 고개를 한쪽으로 갸웃했다.

"할머니, 웃어요."

할머니가 입술을 조금 벌려 웃었다.

"할머니, 저 좀 보세요."

내가 너스레를 떨자 할머니가 손을 가린 채 웃음을 터트렸다. 억지로 웃음을 참던 할머니가 다시 웃었다. 나는 그 순간을 놓치지 않고 카메라 버튼을 눌렀다.

할머니와 쥐

"우다다다다다."

"다다다다아."

"이놈의 쥐들이 어디로 들어와서 이런 난리를 치노?"

텔레비전을 보고 있던 할머니가 일어나 신발장 옆에 걸어 놓은 빗자루를 벗깁니다. 빗자루를 거꾸로 쥔 채 마루 천장에 대고 쿵쿵 칩니다.

조용해집니다. 하지만 할머니가 빗자루를 제자리에 걸고 앉자마자, 금세 '다다다다' 소리가 다시 들립니다.

"차암, 별나대이."

할머니가 마루 천장을 흘겨 봅니다. 들에는 들쥐가, 집에는 집쥐가 할머니를 성가시게 굽니다.

할머니는 올해 팥 농사를 지어 반타작밖에 못했습니다. 밭에 갔다 팥 줄기 아래 소복이 쌓인 빈 꼬투리를 보았을 때, 할머니는 기가 차서 말도 나오지 않았습니다. 마치 사람이 그런 듯 쥐들이 팥을 까먹었습니다. 그뿐이 아닙니다. 여물기 시작하는 호박에 구멍을 파 놓았습니다. 그것도 세 덩이나. 그렇게 높이 달린 호박을 쥐들이 어떻게 기어올라 파먹었는지 모르겠습니다. 할머니는 그 뒤로 검은 콩마저 쥐한테 잃을까 봐 애를 태웠습니다.

잠자리에 든 할머니는 엎치락뒤치락 잠을 이루지 못합니다. 쥐들이 저리 설치다 갈무리해 놓은 늙은 호박도 건드리지 않을까 걱정됩니다.

"오마나, 세상에!"

호박 더미 덮개를 들추던 할머니가 몹시 놀랍니다. 아니나 다를까, 설마, 설마 했는데, 쥐들이 늙은 호박을 절단내 놓았습니다. 호박 허리가 구멍 뚫려 속살이 노랗게 드러났습니다. 바닥에는 갉아 놓은 호박 살이 여기저기 흩어져 있습니다.

"아이고, 이놈의 쥐들을 우짜지?"

할머니가 성한 호박들을 한쪽으로 옮깁니다. 호박 더미 안쪽에서 파르스름한 빛이 도는 호박을 들어냅니다. 씨호박입니다. 아, 이것도 뾰족뾰족 이빨 자국이 깊이 나 있습니다. 할머니는 머리끝까지 성이 납니다.

"이 아까븐 것을. 어디, 잡히기만 해 봐라."

성한 호박들을 빈 방으로 옮긴 할머니가 포장 테이프를 들고 옵니다. 쥐가 들락거릴 만한 구멍을 찾아 붙일 작정입니다. 하지만 아무리 살펴봐도 쥐구멍은 보이지 않습니다. 할머니는 쩌어쩍 테이프를 떼서 벌어지지 않은 틈새까지 아예 막아 버립니다.

물을 마시며 숨을 돌리던 할머니가 마루에 들여놓은 호박들을 봅니다. 쥐가 깔짝거려 놓은 것을 그냥 두지는 못하겠고, 한꺼번에 호박죽을 끓이는 수밖에 없겠습니다.

할머니가 전화를 합니다.

"형님예, 저녁은 저희 집에 와서 잡수이소. 호박죽 쑬겁니더."

"새댁이가. 영이 엄마랑 같이 저녁 먹으러 온나."

쥐 때문에 생각지도 않은 동네 잔치를 하게 되었습니다.

할머니가 서두릅니다. 마루에 신문지를 깔고 호박 한 덩이를 올립니다. 둥글넓적하게 생긴 호박 아래쪽에 쥐가 갉아 놓은 자국이 있습니다. 호박이 얼마나 단단했던지 여태 갉아 놓은 게 어린아이 주먹 하나 크기입니다.

"허참, 먹지도 못할걸."

할머니는 반으로 쪼갠 호박 속을 손으로 긁어냅니다. 호박 속 붉은 살이 손가락을 붉게 물들입니다. 씨는 따로 모아 씻어 말릴 것입니다.

할머니는 문득, 쥐들이 올해 유난히 유별나게 구는 것 같다는 생각이 듭니다.

'새끼를 많이 쳤나? 먹을 게 없나?'

그렇다고 농사를 지어 쥐들에게 나눠 줄 생각은 눈곱만큼도 없습니다. 올해는 쥐 때문에 자식들 먹일 팥도 호박도 부족하게 되었습니다.

골 따라 자른 호박을 껍질 벗기고 자르니 동네 사람들 다 먹고도 남겠습니다.

할머니는 마당에 걸린 가마솥에 불을 지펴 팥을 삶고, 호박을 삶습니다. 빚어 얼려 놓은 새알심도 꺼내 놓습니다.

호박죽을 다 쑤고, 동치미 무까지 썰어 놓은 할머니가 뒤꼍으로 갑니다. 뒤꼍에는 어미 개 복실이와 얼마 전에 낳은 새끼 강아지 다섯 마리, 닭 네 마리가 삽니다. 할머니를 보자 강아지들은 주둥이를 울타리 사이에 박고 낑낑댑니다. 닭들은 꼬꼬거립니다.

"오늘은 밥 일찍 묵자."

먹이를 그릇에 붓는 사이를 참지 못하고 강아지들이 바가지로 달려듭니다. 복실이는 새끼들 뒤에서 꼬리를 살랑살랑 흔들고 있습니다. 할머니가 보고 있다 복실이 그릇에 먹이를 한 줌 더 주고 닭장으로 갑니다. 닭들이 모두 횃대에 올라가 있습니다.

"너희들 거기 와 올라가 있노?"

닭들이 꼬꼬거리며 두리번거리는 모양새가 겁을 먹은 듯합니다. 가만히 보니 먹이통 옆이 뚫려 있습니다. 쥐들이 들락거리며 닭 모이를 훔쳐 먹는 모양입니다.

"겁쟁이들 아니가. 니들 밥은 니들이 지켜야지."

할머니가 닭들에게 괜히 한소리 하며 뚫린 구멍을 촘촘히 엮습니다.

아침밥 지으려던 할머니가 찹쌀을 가지러 갑니다. 묵은쌀에 섞을 것입니다. 찹쌀은 플라스틱 물병에 담아 창고에 두 었습니다. 창고에 간 할머니는 어이가 없습니다. 쥐들이 병 마다 뚜껑을 갉아 놓았습니다.

찹쌀 없이 밥을 안친 할머니는 부엌 바닥에 쟁반을 놓고 앉 습니다. 찹쌀 든 병을 기울여 살살 붓습니다. 쥐가 갉아 놓 은 병뚜껑 파란 조각이 얹힌 부분만 쏟아 낼 생각입니다. 하 지만 생각대로 되지 않고, 결국 한 병을 다 쏟아 일일이 골라 냅니다. 안 해도 될 일을 하느라 아침나절을 값없이 보내자 할머니는 부아가 치밉니다.

"먹지도 못할 걸 왜 쏟아 놔서 이 고생을 시키나? 안 되겠 다, 이놈의 쥐새끼들. 쥐약을 놓던가 해야지. 그런데 쥐약이 있던가?"

할머니가 빈 우사로 갑니다. 우사에는 소들을 팔기 전에 먹이던 짚더미와 자질구레한 살림살이들이 있습니다. 농약 든 장은 짚더미 옆쪽에 있습니다. 부엌에서 쓰던 찬장을 옮 겨 농약을 넣어 두었습니다. 농약병들을 다 뒤져 보았지만 쥐약은 보이지 않습니다. 버스를 타고 가서 사 오자면 또 반 나절을 쓸데없이 써야 합니다.

이맛살을 찌푸리며 돌아서던 할머니가 짚더미 속 둥지를

발견합니다. 짚북데기 둥지 안에는 갓 태어난 새끼 쥐 네 마리가 뒤엉겨 꼬물거리고 있습니다.

"에구머니나! 쥐가 여다 새낄 쳤네. 이러다 쥐들이 닭 먹이 포대까지 절단 내는 거 아니가."

할머니는 부랴부랴 닭장으로 걸음을 옮깁니다. 개 먹이 포대 옆에 세워 놓은 닭 먹이 포대부터 살핍니다. 뜯어 놓은 것도 쌓아 놓은 것도 다행히 멀쩡합니다. 닭 먹이 포대는 무거워 차 들어올 때 한꺼번에 여러 포대 사서 쌓아 놓았습니다.

포대를 잘 여민 할머니가 새끼 쥐들한테 갑니다. 미간을 찌푸리고 둥지 안을 들여다봅니다. 눈도 뜨지 못한 새끼들이 입을 오물거리고 있습니다. 새끼들이 자라면 저지레는 한층 더 심해질 것이 분명합니다.

'그렇다고 새끼를, 어미를 죽이면 또 새끼는…….'

쥐약을 찾으러 왔던 할머니는 이러지도 못하고 저러지도 못하고 서성입니다.

복실이 새끼들이 아까부터 낑낑대고 있습니다. 배가 볼록한 새끼들이 할머니가 움직이는 대로 따라 움직이느라 저들끼리 밀치고 부딪칩니다.

할머니가 개집 앞으로 옵니다. 복실이가 할머니를 보며 꼬리를 흔듭니다.

"복실아, 우짜면 좋노? 살릴 수도 없고, 죽일 수도 없고……."

복실이가 귀를 쫑긋 세우고 고개를 갸웃거립니다.

"나도 마, 모르겠다, 밭에나 갈란다. 니는 집 잘 보그래이."

할머니가 빈손을 마주쳐 툭툭 털고는 뒤돌아섭니다.

(『시와 동화』 2021년 가을 97호에 수록)

비밀

"아이고, 힘들다."

마루에 털썩 주저앉는데 아이고 소리가 절로 나왔다. 오늘
따라 택배 주문이 많아 정신없이 미나리를 다듬었더니 어깻
죽지까지 욱신거린다. 어둑해지는 마당을 보며 무심히 앉았
는데 캉! 짖는 소리가 들린다.

"저것들 밥 줘야지. 끙."

무릎을 짚고 일어났다.

개들은 배가 고팠는지 난리 법석이다. 밥을 주고 반쯤 남
은 사료 포대를 여미는데 벌써부터 걱정된다. 농협에서 사료
를 사 집까지 옮기는 일이 여간 힘에 부치는 일이 아니다. 적

막강산에 개라도 있으니 좋건만 언제까지 먹일 수 있을지 모르겠다.

갑자기 허기가 졌다.

텔레비전부터 켜고 잊어버리기 전에 달력에 표시를 했다. 숫자 안에 작은 점을 찍어 표시한 날이 한 달이 되어 간다. 힘들었던 시간이 잊히는 순간이다.

밥을 국에 말아 한술 뜨고 파스를 꺼냈다. 종이를 뗀 파스를 전화번호부 책에 올려 어깨 너머로 넘긴 다음 소파에 대고 문질러 단단히 붙였다. 그러는데 전화기가 울린다. 막내다.

"엄마, 별일 없으시죠?"

"응, 없다."

"전화 안 받으셔서 궁금했어요."

"전화 했었나. 전화기 집에 두고 나갔다 왔다."

"어디 다녀오셨어요?"

"으응. 저기, 마을 회관에 갔었다."

퍼뜩 떠오르는 핑곗거리가 마을 회관이다.

"아프신 데는요?"

"없다. 걱정 마라."

"이번 주말에 내려갈게요."

"주말에? 힘들 건데 오겠나?"

차마 오지 말라는 말은 나오지 않았다.

앞집 지붕이 말간 것을 보니 어지간히 추울 모양이다. 바지 위에 두꺼운 일 바지를 하나 더 껴입고 양말도 두 켤레 겹쳐 신은 뒤 장화를 신었다.

개밥을 주고 집을 나섰다. 아침 햇살이 퍼지기 시작한 골목길에 찬바람이 불었다. 겨드랑이에 한 손을 끼우고 한 손으로는 옷깃을 당겨 입을 막았다.

동네 초입에는 미나리를 키우는 비닐하우스가 줄 지어 서 있다. 그 가운데 제일 앞에 있는 비닐하우스로 들어섰다. 안에는 난로가 켜져 있고 작업대에는 갓 벤 미나리가 보였다. 조카는 보이지 않았다.

앞치마를 두르고, 토시를 끼고, 속 장갑을 끼고, 그 위로 고무장갑을 끼는데 미나리를 한 아름 안은 조카가 들어섰다.

"아지매 오셨습니까? 커피 한 잔 잡숫고 하시지요."

"이따 쉴 참에 먹겠네."

어젯밤 막내 전화를 받고 잠자리가 뒤숭숭했다. 고단함이

가셔지지 않았다. 커피를 마시면 정신이 좀 들기도 할 텐데 화장실에 가게 될까 봐 참았다.

조카는 미나리를 작업대에 내려놓고 다시 밭으로 갔다. 푸른 미나리가 헝클어진 채 수북이 쌓여 있는 것을 보니 마치 머릿속 생각들 같다.

미나리 일은 주말이 더 바쁘다. 봄 미나리가 몸에 좋다는 소문이 나서 먹으러 오는 사람, 사 가는 사람들이 많아 쉴 새 없이 다듬어야 한다. 그런데 주말에 막내가 오면 어쩌나.

여기 와 일 하는 걸 자식들은 모른다. 자식들은 저희 아버지가 세상을 뜨자 들 농사는 남 주고 뒷밭만 남겨 놓았다. 뒷밭도 소일거리 삼아 가꾸지 힘들게 일하지 말라고 한다. 그러니 봄, 가을 한 달에서 두 달 남짓 하는 일로 괜한 걱정을 시키고 싶지 않다. 그리고 아무것도 안 하고 있으면 생각만 많아지고 자식들에게 바라게 되는 것도 많아지는 걸. 바라다 못 미치면 서운하고. 나중에야 자식들 도움 받으며 살지라도 아직은 나대로 시간을 꾸려가고 싶다. 일을 하면 힘은 들어도 시간도 빨리 가고, 돈도 벌고, 이런 저런 이야기도 들을 수 있어 좋다.

생각은 생각대로 손은 손대로 움직인다. 미나리를 한 줌

집어 상품 가치가 없는 것은 버리고 푸르고 굵은 줄기를 골라 떡잎을 떼고 억센 줄기를 자른다. 겨울을 난 미나리 향이 코끝을 간질여도 흥이 나지 않는다.

조카가 오더니 발밑에 수북이 쌓인 허접쓰레기를 한 아름 안아 문 밖에다 버렸다.

"아지매 없으면 우리는 미나리 농사 못 짓지 싶습니다. 근방에서 아지매 손이 제일 빠를 겁니다."

가지런히 손질한 미나리를 안고 가며 조카가 말했다. 그 말을 듣고 나니 하루 일 빠진다는 말을 어찌해야 되나, 더 근심되었다. 조카는 흐르는 물로 미나리를 씻기 시작했다.

느닷없이 화장실에 가고 싶어졌다. 아침에 국을 놔두고도 비지찌개에 밥을 먹고, 약도 물 한 모금으로 먹고, 커피도 안 마셨건만. 할 수 없이 미나리 잎이 들러붙은 고무장갑을 벗고, 속 장갑을 벗고, 발끝까지 내려오는 앞치마를 벗었다. 여간 번거로운 일이 아니다.

볼 일을 보는데도 생각이 따라 왔다. 열 손가락 깨물어 안 아픈 손가락이 없다지만 막내를 생각하면 늘 애잔하다. 오고 싶을 때 와야 한 번이라도 더 보지 싶다. 그렇다고 남의 일에 지장 주면 안 되니 아무래도 일 끝나고 가는 길에 영아한테 부탁을 해 봐야겠다. 영아는 자기 일이 없을 때는 함께 미나리 일을 하기도 했었다.

바삐 손을 놀렸더니 해거름 무렵에 일이 끝났다.

영아 집 마당을 지나 곧장 밭에 있는 비닐하우스로 갔다. 영아는 고추 모종에 비닐을 씌우고 있었다.

"고추 모는 잘 됐나?"

"예. 아지매는 일이 일찍 끝났나 보네요."

될 수 있으면 남에게 아쉬운 소리 안 하며 살고 싶은데 별 수 없다.

"질부야 미안한데, 주말에 막내가 온다는데 미나리 하루 어떻게 안 되겠나?"

"그래요? 고추 모종 심어야 하는데……."

"미나리 끝나면 내 손 보탤 테니, 부탁 좀 하자."

영아는 싫은 내색 없이 그러겠다고 했다.

"고맙다, 정말로 고맙다."

그제야 마음이 놓였다.

봉자가 집에 있으려나? 근심이 사라져 발걸음이 가볍다. 봉자는 시집갔다가 늘그막에 고향에서 살고 싶다며 작년에 돌아왔다. 나이 많은 형님들이 모여 노는 마을회관에는 말들이 무성해 가고 싶지 않고, 마실 다닐 데가 없다가 봉자가 오니 얼마나 좋은지 모른다.

봉자도 미나리 다듬는 일을 해 보려고 했다. 그런데 일 하는 품새가 느릿느릿, 성격도 천하태평이니 봉자더러 오라는 데가 없었다. 품 파는 일 대신 봉자는 산으로 들로 돌아다니며 나물을 뜯고 밤을 주웠다. 겨울 동안은 자주 시내로 나갔다.

봉자는 부엌에서 쌀가루 반죽을 치대고 있었다.

"언제 방앗간에 갔었나."

"히야 마침 잘 왔다. 저녁 먹고 가라."

"내 꼴이 이렇다."

미나리를 다듬다 보면 흙물이 얼굴에 묻기도 하고 종일 고무장갑을 끼고 있으니 머리카락 한번 쓸어 넘기게 되지 않는다.

"뭐 어때서."

봉자는 다 치댄 반죽 덩어리와 빈 쟁반들을 부엌 바닥에 내려놓았다. 주섬주섬 겉옷을 벗고 들어갔다. 가스 불 위에 올려놓은 냄비가 끓으며 구수한 냄새를 풍겼다. 봉자는 손바닥에 묻은 쌀가루를 비벼서 털더니 그 손으로 가스 불을 줄였다.

"히야는 미나리 일 하는 거 힘 안 드나?"

"종일 앉아 일하면 허리도 아프고 다리도 퉁퉁 붓지."

"그렇게 힘든데 뭐 하러 일하나? 놀지."

"놀면 뭐해. 일도 할 수 있을 때 해야지. 더 늙으면 누가 불러나 주겠나. 나는 아직 쓸모 있는 것 같아서 좋다. 돈도 벌고."

"히야는 그 돈 벌어 뭐 하려고?"

"손주들 용돈 주고 자식들 오면 빈손으로 안 보내도 되니 좋지."

"나라면 여기 저기 놀러 다니면서 좋은 구경하고 맛난 것도 사 먹고 하겠다."

봉자가 웃자 눈이 초승달 모양이 되었다. 그 눈을 보고 있으면 어쩐지 웃음이 난다.

"조카들은 뭐라고 안 하나?"

한 움큼 떼어 낸 반죽을 주물러 길게 만들면서 봉자가 물었다.

"걔들은 모른다. 내가 일하는 거 알면 난리 안 나겠나."

"히야도 조카들 체면 생각해야 하지 않나. 남들이 알면 늙은 엄마 일 하게 한다고 뭐라고 할 건데."

속으로, 자식들 용돈 바라고 사는 것이 부끄럽지 당당하게 일하는 게 무슨 체면 깎이는 일인가 싶어 입을 다물고 말았다.

"그러다 아프면 어느 자식이 좋다 하나. 저들 살기도 바쁜 세상에."

"그건 맞다. 자식들 걱정 안 시키려면 건강해야지."

반죽을 똑똑 떼어 한꺼번에 두세 알씩 빚으니 금방 쟁반들이 동글동글한 새알심들로 가득 찼다. 봉자가 쟁반 하나를 가져가더니 금세 새알 들깨 미역국을 끓여 내왔다. 들깨 가루를 푼 국물이 구수하고 진하다. 막내 오면 끓여 줘야겠다.

"주말에 우리 막내 온단다. 자인장에 가면 닭 좀 사다 주라."

"화선이 오면 내 일러 줘야지."

봉자가 '지'를 길게 늘여 말하고선 깔깔대고 웃었다.

"큰일 날 소리, 비밀이다."

막내는 퇴근하고 출발하겠다고 했다. 딸과 손자 볼 생각에 힘든 줄 모르고 일했다.

"조카, 미안하네. 화선이 보내 놓고 바로 오겠네."

"예, 아지매. 고생하셨습니다. 내일은 쉬시면서 좋은 시간 보내십시오."

영아가 대신 하루 일을 해 주겠다는 대답을 들은 다음 날, 조카에게 사정을 말하자 조카는 흔쾌히 그러라고 했다. 조카가 준 미나리를 들고 잰걸음으로 집으로 돌아왔다. 마음이 바빴다. 선걸음에 마당에 걸린 솥에 닭을 안치고 불을 땠다. 날은 금방 어둑해져 타오르는 장작불이 유난히 붉었다. 불을 대놓고 아침에 달여 식혀 놓은 단술 맛을 보았다. 보일러 온도를 높이고 벽장에서 이부자리를 꺼내 깔았다. 이불을 더 가져다 벽 쪽과 윗목에 깔아 냉기를 막았다.

밥그릇, 국그릇, 수저뿐인 설거지를 끝내고 서랍에 넣어 두었던 앞치마와 고무장갑을 꺼내 놓았다. 찬거리가 있나, 냉장고를 여니 반찬 통들로 꽉 찼다. 버리는 게 아까워 반찬으로 만들지만 먹게 되지는 않는다. 막내더러 가지고 가라고 해야겠다.

두 손을 엉덩이 밑에 깔고 앉으니 금세 손이 따뜻해졌다. 잠그려다 놔둔 문 쪽으로 눈길이 갔다. 마당 불을 켰더니 밖이 환하다. 거실을 휘 둘러봤다. 이만하면 치우고 산다 싶은데 아무래도 예전 같진 않다. 쓸고 닦고 치우는 일이 점점 귀찮아진다.

연속극이 시작됐다. 시계를 봤다. 막내가 오려면 한참 더 기다려야겠다.

잠깐 누워야겠다. 누웠더니 잠이 온다. 잠들면 안 되는데, 막내가 오는데…….

아낌없이 주는 나무

할머니가 이번엔 나를 안았다.

"멀리서 할미 보러 온다고 고생했네."

엉거주춤 안긴 채 웃기만 했다.

"어머님, 저두요."

아빠가 키를 낮춰 할머니를 안았다.

"주 서방 먼저 안아줄 낀데, 와 줘서 고맙네."

연신 함박웃음을 지으시는 할머니, 할머니는 고맙다는 말을 자주 하신다. 내가 전화할 때나 엄마랑 단둘이 올 때는 아빠에게 보내 줘서 고맙다고 하신다.

"감주 해 놨다. 갖다 먹으래이. 내 저거 손댄 김에 마저 할란다."

할머니는 거실 한쪽에 신문지를 펴고 정구지를 다듬고 계셨던 모양이다.

"서리 오기 전에 다 벴다. 김치 담가 주꾸마."

"저 오면 같이 하시지."

엄마가 다가가 앉으려 하자 할머니가 말렸다.

"니까지 손에 묻힐 것 없다. 문 열고 고 밖에 보면 포도 있을 끼다. 파란 포도도 있고, 검은 포도도 있다. 원재 먹구로 갖다줘라."

엄마가 상을 차렸다.

"할머니, 잡수세요."

"오야, 어여 무라."

엄마가 감주 그릇을 쟁반에 받쳐 들고 할머니 앞으로 가 앉았다. 나는 할머니가 만들어 주는 감주를 좋아한다. 숟가락으로 휘휘 저어 밥알을 띄운 다음 그릇째 들고 마셨다. 꿀꺽꿀꺽, 역시 시원하고 맛있다. 할머니가 보시곤 웃었다.

"마이 무래이."

한 그릇 더 먹었더니 배가 불룩해졌다. 할머니 집에 오면 배가 꺼질 새 없다.

점심은 추어탕이다. 할머니는 우리가 올 때마다 추어탕을 끓여 놓는다.

일곱 살 땐가, 추어탕 끓이는 걸 처음 봤다. 외삼촌과 아빠가 마당 한쪽에서 물고기 배를 딸 동안 할머니는 가마솥에 불을 지펴 나물을 삶았다. 물고기는 삶은 다음 으깨 체에 밭쳐 가시를 걸러 냈다. 살만 남은 물과 삶아 놓은 나물을 솥에 넣고 불을 활활 땠다. 추어탕이 김을 풀풀 내며 끓을 동안 나는 부지깽이로 마당에 그림을 그리며 놀았다. 그때 풍경은 사진으로 남아 할머니가 자주 보시는 사진첩에 꽂혀 있다.

아빠가 쫑쫑 썬 빨간 고추, 파란 고추를 넣고 다진 마늘을 넣은 다음 제피 가루를 넣었다. 나는 제피 가루는 못 먹는다. 뭣 모르고 아빠 따라 넣었다가 박하사탕 여러 알을 한꺼번에 깨문 듯한 맛을 본 다음 제피 가루라면 냄새도 싫다. 아빠는 뜨거운 국을 시원하다며 두 그릇이나 먹었다.

"잘 먹었습니다, 어머님."

"맛 괜찮재? 한 솥 끓여 놨으니 실컷 자시게."

생제피를 따 돈 산 얘기를 하던 할머니가 빙글빙글 웃으며 물었다.

"주 서방, 닭 잡겠는가?"

"닭이요? 무서운데요."

"저 닭 네 마리 있는 거 잡아서 한 마리는 고아 먹고, 세 마리는 가지고 가마 좋을 낀데."

"어휴, 저는 못 잡습니다."

"우짜노? 사료 대는 것도 심들고 이제 고마 키울까 싶은데, 잡을 사람이 없네."

"형님 계시잖아요."

"저번에 닭 잡다 마이 놀랐다 아이가. 자네 처남이 목 비틀어 주길래 죽은 줄 알고 뜨근물을 붓는데, 갑자기 푸드덕거리며 설치는데, 에이그, 식겁했다."

할머니가 진저리를 쳤다. 나는 좀비처럼 모가지를 한쪽으로 꺾고 날개를 퍼덕거리면서 마당을 돌아다니는 닭을 떠올렸다. 어휴, 머리를 흔들어 생각을 떨쳐냈다.

"별수 없재. 멕이는 데까지 멕여야지. 갈 때 모아둔 달걀이나 가지고 가게."

"어머님, 저녁은 나가서 먹어요."

오는 길에 고기를 사 마당에서 구워 먹자는 아빠 말에 엄마는 할머니 힘들어서 안 된다고 했다.

"집에 먹을 거 놔두고…. 마, 그라자."

"아침 묵고 바로 간다고?"

엄마와 이야기를 나누던 할머니 언성이 높았다.

"내일 오후에 주 서방 일이 있어서요."

할머니는 못내 섭섭하다는 표정을 지었다. 그것도 잠시 할머니는 마당에 있는 건조기 문을 열고 엄마를 불렀다. 건조기는 할아버지 살아계실 때 고추도 말리고 대추도 말렸는데 지금은 먹을거리를 넣어 둔다.

"쌀은 좀 있으면 햅쌀 나니까 나중에 갖다 묵고, 고춧가루는 있나? 대추는?"

"괜찮아예. 아직 남았어예."

연이은 물음에 엄마 사투리가 튀어나왔다.

"매운 고춧가루가 올해는 이것뿐이다. 주 서방 매운 거 좋아하니 다 가지고 가라. 대추는 두고 물 끓이마 좋다."

자고 갈 건데 할머니는 벌써 보낼 짐을 챙긴다. 할머니가 아래채로 발걸음을 옮겼다. 할머니를 쫓아갔다. 평상 앞에서 걸음을 멈췄다. 이 평상은 할머니가 혼자 옮긴 거다.

언제였나, 쉴 참에 두유를 마시던 할머니가 퀴즈를 냈다.

"원재야, 맞혀 봐래이. 저 평상이 원래 여기 있었대이. 보일러실 기름 넣을 때마다 걸리적거리가 마땅한 자리를 찾아 본 게 저기였재. 문제는 할미가 혼자 우예 갖고 갔겠노?"

평상은 내가 여러 명 누워도 될 만큼 큰데 어떻게 혼자 옮기셨단 거지? 끌고? 밀고? 업고? 누구 도움을 받았을까? 모르겠다고 하자 하신 말씀이 이랬다.

"평상을 걸음마 시킸다. 네 다리에 끈을 묶고 이쪽 한 발 떼놓고 저쪽으로 가 저쪽 한 발 떼고 또 이쪽으로 와 한 발 옮기고, 그래 마당을 걸려서 갔대이."

할머니는 재미나게 말했지만 전혀 재미있는 이야기가 아니었다.

지금 그 평상 위에는 우리가 가져온 빈 김치 통과 포장용 플라스틱 그릇, 빈 생수병 등이 있다. 할머니는 빈 통 생기면 버리지 말고 다 모아 놨다가 가지고 오라고 한다. 다 쓸 데 있다고. 할머니가 배가 불룩한 독 뚜껑을 열자, 안에는 플라스틱 물병에 담아 놓은 간장이 여러 병 들었다.

"원재야, 봉지 잡아 봐라. 장 떴는데 맛이 괜찮다."

두 병을 꺼내 담고 비닐봉지를 꽁꽁 묶었다. 가져갈 짐을 한데 모으니 벌써 한 보따리다. 할머니가 엄마에게 당부했다.

"야야, 이건 햇간장이고 다른 병은 작년 끼다. 묵은장부터 먼저 무래. 된장은 아직 먹을 게 있다고 하니 다음에 와 갖고 가라. 참기름 병이랑 들기름 병은 따라 잘 챙기래."

저녁 먹고 들어오자마자 할머니는 낮에 다듬어 둔 정구지를 씻어 자르고 엄마는 양파를 썰었다. 나는 까나리 액젓을 붓고 고춧가루를 넣어 맨손으로 버무리는 할머니 앞에 쪼그리고 앉아 구경했다.
"간 맞나 무 봐라."
엄마가 손가락으로 집어 입에 넣었다.
"엄마, 나도."
알싸한 맛과 짭쪼름한 맛이 입 안에 확 퍼졌다.
"맛있어요."
"됐나? 이래 하룻밤 재워 놓으면 숨이 팍 죽을 끼다. 그러마 담기 편하재."
할머니는 양념이 덜 묻은 정구지를 골라 손에 묻은 양념을 닦았다. 데친 오징어에 갓 무친 정구지 김치를 곁들여 또 먹었다.

할머니와 엄마는 바쁘다.

"설거지 놔두고 갈 짐 챙겨라. 주 서방 고들빼기 잘 묵더라. 쪼매밖에 없어 우야노, 그릇째 가지고 가라. 고구마 순 볶은 거는 원재가 좋아하이 것도 담고. 고구마 순 김치도 챙기래이. 생깻잎 담은 건 좀 두고 먹어도 되는데 삶아 양념한 건 부지런히 무야 된대이. 냉장고 위에 칸 봐라, 옥수수 얼린 거 있다. 감주 얼리 놓은 것도 내리고. 물김치도 주 서방 좋아하면 마이 덜어 가고 쬐매만 남기 놓으면 된다."

할머니는 모아 뒀던 크고 작은 포장용 용기와 빈 통들을 가지고 왔다.

"정구지도 다 담아라. 그릇은 그냥 둬래이. 이따 자청파 뜯어다 비벼 묵을란다."

엄마가 잠시 그릇을 내려다보더니 밥솥에서 밥 한 주걱을 퍼 그릇에 묻은 양념을 닦았다.

"엄마, 아!"

내가 입을 벌리자, 엄마가 웃었다.

"우와, 이게 다 가지고 갈 것들인가요? 이삿짐인데요."

아빠가 너스레를 떨었다.

"포도는 눌리면 안 되네."

한차례 짐을 옮겨 놓고 온 아빠가 두 번째 짐을 실었다.

"당신은 아직 멀었어?"

"야가, 설거지는 놔두라니까."

"다 했어예."

"원제는 가방 잘 챙겼지?"

부엌에서 방으로 욕실로 종종걸음을 치던 엄마는 봉투를 텔레비전 위에 두고 밖으로 나왔다.

골목길에는 잔뜩 짐을 실은 자동차가 시동을 켠 채 기다리고 있었다.

"고맙습니다, 어머님, 건강하십시오."

"고맙네. 자네도 건강하시게."

나는 할머니 품에 안기며 말했다.

"할머니, 또 올게요."

"그래, 밥 잘 먹고, 엄마 말도 잘 듣고."

"엄마…."

엄마가 두 팔 벌려 할머니를 꼭 안았다.

"엄마 걱정은 마래이. 잘 있으꾸마."

할머니가 엄마 등을 토닥거렸다.

"얼른 가라. 차 막힐라."

할머니가 발걸음을 떼지 못하는 엄마 등을 밀었다. 뒤를 돌아보니 할머니가 손을 흔들고 계신다. 할머니가 안 보일 때까지 나도 손을 흔들었다.

비오재 고개를 넘는데 차에 연결된 아빠 휴대폰이 울렸다.

"에미가 전화를 안 받네."

"예, 엄마."

눈시울이 발개진 엄마가 얼른 대답했다.

"어디까지 갔노? 마 달걀 잊어뿌렸다. 내 정신머리하고는. 엄마가 못 챙기도 니가 챙기재. 생각날 때 바로바로 챙겼어야 하는 건데."

아, 할머니.

3부
구불리 아이들

구불리 아이들

기차가 역으로 들어오고 있다.

"혼자서 갈 수 있지?"

"안 가면 안 돼요? 네? 엄마아."

엄마는 내 애원에도 아랑곳없이 나를 돌려세웠다. 창가 자리를 찾아 앉자마자 기차가 출발했다. 엄마는 분명 손을 흔들고 있을 것이다. 그렇지만 나는 내다보고 싶지 않다.

'내 방학을 왜 엄마 마음대로 정하는 거야?'

학기 내내 엄마와 실랑이를 벌였다.

"원재야, 할 일 다 했어?"

"이것만 하고 할게요."

"너 정말, 컴퓨터 안 꺼?"

엄마는 정말 게임을 조금만 더 하고 할 일 할 건데 내 말을 믿어주지 않았다. 화가 난 엄마는 방학하는 날에 맞춰 외갓집 가는 기차표를 예매했다.

기차는 빠르게 달려 도시를 지나더니 차창 밖으로 넓은 들판만 보인다. 햇빛이 들어와 가리개를 내리면 답답하고, 답답하여 가리개를 올리면 눈이 부셨다. 옆자리에 앉은 아저씨는 깊이 잠들었는지 햇볕이 얼굴에 닿아도 꿈쩍 안 한다. 창밖을 아무 생각 없이 내다보고 있다가 깜짝 놀랐다. 달리는 기차 소리가 크게 들리는가 싶더니 차창에 찌푸린 얼굴이 나타난 것이다. 깜짝 놀라 창에서 떨어져서 다시 보니 내 얼굴이다. 기차는 금세 터널을 빠져나왔다.

여섯 시간 걸려 외갓집 마을 어귀에 도착했다. 꾸불꾸불 산길 끝에 있는 동네라서 이름이 구불리다. 버스 문이 열리자 할머니가 보인다. 빨간 꽃무늬 바지에 얼굴이 검게 그을린 할머니는 활짝 웃으며 두 팔을 벌리셨다.

"아이고, 우리 강아지 왔나?"

할머니가 나를 꼭 안고 엉덩이를 툭툭 치신다. 할머니테서

시큼한 땀 냄새가 난다.

외갓집 마을은 뜨거운 오후 햇살 아래 조용하다. 옹기종기 모여 있는 집들 주위로는 온통 산이다. 매미가 한꺼번에 왁자지껄 울다가 잠잠해진다. 골목 끝 외갓집 파란 지붕에서 이글이글 열기가 느껴진다. 골목길도 뜨겁다. 땀이 등줄기를 타고 내린다. 앞으로 지낼 일이 막막하다. 이대로 돌아서 우리 집으로 가고 싶은 마음이 굴뚝같다.

"원재야, 이리 들어온나. 방이 더 시원타."

할머니가 마루에서 선풍기를 들고 들어와 내 쪽으로 머리를 틀어주셨다. 기분이 조금 나아졌다.

"할머니, 할아버지는요?"

"밭에 가셨다. 금방 오실 끼다."

'할아버지는 이런 날 어떻게 일하시지? 더워 기운이 다 빠져나가는 것 같은데…….'

할머니는 그동안 학교 잘 다녔는지, 공부 잘했는지, 아픈 데 없었는지 물으셨다.

그러는 동안 점점 아래채 지붕 그림자가 마당에 길게 드리워졌다.

할아버지가 지게를 지고 마당으로 들어오셨다. 벌떡 일어나 마당으로 나갔다. 신발이 햇볕에 달구어져 뜨겁다.

"할아버지!"

"원재 왔나?"

할아버지는 풀이 담긴 지게를 마당 한쪽에 벗어 놓았다. 얼굴이 빨갛다. 곱슬머리는 땀에 젖어 이마에 붙어 있다.

"아따, 덥대이. 더운데 오느라고 고생했네."

할아버지는 수건으로 땀을 닦으며 할머니가 내민 물그릇을 받아 벌컥벌컥 마셨다. 할아버지도 그동안 학교 잘 다녔는지, 공부 잘했는지, 식구들 잘 있는지 물으셨다.

한숨 돌린 할아버지가 웃옷을 벗더니 마당 한쪽에 있는 수도꼭지를 돌렸다. 콸콸, 양동이로 물이 쏟아졌다. 할아버지가 한쪽으로 엎드리셨다. 물 한 바가지를 퍼 할아버지 등에 부었다. 바지가 젖을까 봐 조심했다. 졸졸, 물은 할아버지 등에서 이리저리 흩어지더니 미끄러져 내린다. 빠르게 도망치는 미꾸라지 같다.

"쫙쫙 끼얹어 봐라."

할아버지 말씀에 바가지 가득 담긴 물을 한꺼번에 할아버지 등에 쏟아 부었다. 그러자 할아버지는 입으로는 어푸어푸 물을 품어 내고 한 손으로는 가슴팍을 문지르느라 허둥거리섰다. 킥킥킥 웃음이 나왔다. 할아버지 바지춤이 적잖이 젖어 버렸다.

"어, 시원타. 니도 할래?"

할아버지가 수건으로 물기를 닦으며 물으셨다.

"아뇨. 안 할래요."

고개가 저절로 절레절레 내둘러졌다. 나도 언제 등목을 해 본 적 있다. 엄마가 물을 끼얹으려고 준비하는 동안 긴장되던 마음과 물이 쏟아질 때 숨 막히던 느낌이 지금도 생생하다. 나는 세수만 했다.

할머니가 수박을 내오셨다. 수박 향이 향긋하다. 외갓집에 오느라 긴장했던 마음이 스르르 사라지고 있었다.

"더 자게 놔둡시더."

할아버지 목소리가 밖에서 들리는 듯하다. 할머니 목소리는 부엌에서 나는 것 같다.

잘 뜨여지지 않는 눈을 가느스름하게 뜬 채 벽에 걸린 시계를 찾았다. 모기장 너머 시곗바늘이 얼른 눈에 들어오지 않는다. 눈을 끔벅이자 시곗바늘이 보인다. 여섯 시다. 이불을 끌어당겨 다리에 끼우자 절로 눈이 다시 감긴다.

"원재야, 이제 그만 일어나그래이."

할머니 목소리가 잠결에 들려온다.

"……"

"밥 무야지."

어깨가 흔들릴 때마다 잠이 조금씩 달아난다.

눈을 부비며 일어나 앉았다.

"배 안 고프나?"

할머니가 모기장을 걷으며 물으셨다.

"할아버지는요?"

"벌써 들에 나가셨제."

이불을 갰다. 방학을 하면 실컷 늦잠을 자리라 했는데…….

"할미는 밭에 갈 낀데, 니는 우짤래?"

할머니는 내가 밥을 다 먹기를 기다렸다가 상에다 보자기를 씌우며 물으셨다.

생각해 보니 더울 것 같다. 그래서 안 간다고 했다.

"그래. 그래라. 밭에 가면 덥다."

할머니는 천이 목까지 내려오는 모자를 쓰고 소쿠리를 옆구리에 끼고 나가셨다.

햇볕이 마루 위로 올라서고 있다. 방으로 들어와 텔레비전을 켰다. 리모컨을 들고 만화 채널을 찾는데 계속 지직거리는 화면만 나온다.

"에이, 이게 뭐야?"

리모콘 전원을 끄고는 탁 소리 나게 놓아 버렸다. 컴퓨터도 못 하고 만화도 못 보고……. 심술이 나려 한다.

마루로 나왔다. 햇볕은 마루 안쪽까지 와 있다. 방문턱에 걸터앉아 있으려니 마루가 이쪽 끝에서 저쪽 끝까지 얼마나 되는지 궁금해진다. 벌떡 일어나 마루 이쪽 끝에서 큰 걸음으로 걷기 시작했다. 걸음을 옮길 때마다 마루가 삐그덕 소리를 낸다. 다섯 걸음에서 조금 모자란다. 땀이 난다. 마루 중간쯤에 있는 선풍기로 걸어가 발가락으로 버튼을 눌렀다. 선풍기 바람이 종아리로 몰아친다. 선풍기 바람 느낌이 좋아 가만히 서 있다가 팔을 머리 위로 뻗었다. 발뒤꿈치를 들자 손가락 끝이 마루 천정에 닿는다.

아빠는 외갓집 마루에 똑바로 서 있은 적이 없다. 아빠 키가 마루 천정에 닿기 때문이다. 불쑥 일어났다가 쿵, 머리를 박거나 이마를 찧곤 했다. 아빠는 머리를 박아 얼굴을 찡그린 채 아픔을 참고 있는데 우린 낄낄거리며 웃었다. 할머니가 미안한 얼굴로 말씀하셨다.

"주 서방, 아프제? 우짜노, 마루를 좀 내려 앉혀야 될 낀데……. 마루 내고 지붕도 그만큼 더 달아내다 보이 천정이 낮아졌다네. 키 큰 사람 집에 오면 내 가슴이 다 조마조마하다카이."

'내 키가 마루 천정에 닿을 정도로 크면 나도 아빠처럼 쿵쿵거리고 다닐까? 에이, 그때쯤이면 할머니가 고쳐 놓으실 거야.'

마루에 털썩 주저앉았다. 앞쪽으로 산봉우리 두 개가 성큼 다가선다. 마을 앞에 있다고 이름이 앞산이다. 나는 어릴 때 그 산을 '찌찌산'이라고 불렀다. 다시 봐도 봉우리 두 개는 꼭 엄마 가슴을 닮았다.

햇빛이 눈부시다. 방으로 들어갔다. 팔베개를 하고 누웠다. 파리가 얼굴에 앉았다. 손사래를 쳐서 쫓았다. 파리가 돌아와 얼굴에 앉는다. 다리도 간질거린다. 벌떡 일어나 텔레비전 옆에 걸어 놓은 파리채를 들었다.

'요놈들, 나한테 걸리기만 해 봐.'

눈을 가늘게 뜨며 파리채를 내리쳤다. 탁, 탁. 한 마리, 두 마리……. 천장에 붙어 있던 파리들이 방바닥으로 툭툭 떨어졌다. 부엌으로 마루로 파리 뒤를 쫓았다. 잡은 파리를 한 군데 쓸어 모으니 한 숟가락 정도는 될 것 같다. 파리 잡기도 금방 끝나 버렸다.

다시 팔을 베고 누웠다. 마루 위로 올라왔던 햇볕이 물러가고 있다.

천정을 바라보고 있자 마법사들이 불화살을 날리고 얼음 덩이를 떨어뜨리는 게임 장면이 떠오른다.

'컴퓨터가 있으면 정말 좋은데…….'

한숨이 나온다.

"원재야!"

대문 밖에서 할머니 목소리가 들린다.

후다닥 일어났다. 할머니는 소쿠리가 무거운지 한쪽으로 몸이 기울어져 있다. 마당으로 나갔다.

"할머니, 뭐예요?"

"오이 따 왔지. 점심에 냉국 만들어 먹자."

할머니께 파리를 잡았다고 자랑스레 말했다.

할머니가 냉국을 다 만들자 할아버지도 논두렁에서 벤 풀을 잔뜩 지고 돌아오셨다.

할아버지는 냉국에다 밥을 말아 드셨다. 할머니는 할아버지가 오이냉국을 제일 좋아한다고 말씀해 주셨다.

점심을 먹고 나자 할아버지는 반달 모양 나무 베개를 베고 누우셨다. 드르렁, 드르렁. 내가 할아버지 코 고는 소리를 흉내 내자 할머니가 큰 소리로 웃었다.

할머니도 할아버지 옆에 누우셨다.

"할머니, 밭에 안 가요?"

이번엔 따라가리라 마음먹고 물었다.

"지금은 해가 뜨거워서 일 못 한다. 원재도 자자."

할머니는 금세 잠이 들었다.

"에이, 재미없어."

할머니 옆에 벌렁 누웠다. 가만히 있으니 잠이 온다.

"할머니, 저도 갈래요."

한잠 자고 일어난 할아버지와 할머니는 고추 따러 간다고 했다.

얼른 신발을 신었다. 할아버지는 경운기에 자루 여러 장과 앞치마를 실었다. 할머니와 경운기 뒤에 올라탔다. 할머니가 할아버지 모자 테를 줄여 머리에 씌워 주셨다.

탈탈탈, 경운기가 출발했다. 할아버지는 좁은 골목을 빠져

나가기 위해 경운기 머리를 들었다 내렸다 하셨다. 어디서 매미가 맴맴, 새에롱 새에롱, 시오씨 시오씨 하고 운다.

경운기가 마을을 벗어나자 마을을 둘러 싼 산들과 구름 한 점 없는 파란 하늘만 보인다. 외갓집 마을을 그림으로 그리면 파란색 크레파스와 초록색 크레파스가 가장 먼저 닳아 없어질 게 분명하다.

길 양쪽으로는 논이다. 후덥지근한 바람이 불자 벼 잎이 일제히 한쪽으로 쏠린다. 바람이 지나는 길이 마치 바닷속 물고기 떼가 한꺼번에 움직이는 것 같다.

"아따, 햇살 좋다. 벼 잘 익겠다."

할아버지 목소리가 탈탈거리는 경운기 소리에 묻혀 겨우 들린다.

"그래도 오늘이 어제보다 시원해서 일하기엔 좋겠심더."

할머니 목소리가 크다.

할아버지는 경운기를 나무 그늘에다 세웠다.

고추밭은 산 아래에 있다. 햇살이 머무는 밭에는 빨간 고추가 주렁주렁 달렸다. 건너편 고추밭에는 여러 사람이 고추를 따고 있다. 빨간 꽁지 잠자리 몇 마리가 그 위를 맴돌고 있다.

"아지매예, 고추 따러 오심니꺼?"

얼굴이 푹 덮이도록 모자를 쓴 아줌마가 일손을 멈추고 말했다.

"그래. 민혁이, 민성이도 고추 따나?"

얼굴이 새까만 아이들이 할머니를 보고 웃는다. 이가 하얗다.

"봐라. 고춧대를 이렇게 한 손으로 잡고 다른 손으로 고추를 위로 살짝 들면 툭 떨어지제?"

할아버지 말대로 해 보니 쉬웠다.

할머니가 앞치마를 허리에 둘러 주셨다.

"많이 담으면 허리 아프대이. 조금씩 따가 자루에 갖다 붓그래이."

할아버지와 할머니는 밭고랑으로 들어가셨다. 내가 바깥쪽을 맡고 다음 줄을 할머니가 그 다음 줄은 할아버지가 맡았다. 조심조심 고추를 따서 앞치마에 넣었다.

할머니는 내가 맡은 줄의 고추까지 따 주셨다. 하지만 나는 점점 뒤로 쳐졌다. 허리를 펴고 보니 말뚝을 박고 줄을 둘러놓은 고춧대가 끝없이 이어져 있다.

그때, 건너편 고추밭에서 높은 목소리가 들려왔다.

"엄마, 민성이 자꾸 고춧대 부러뜨린대요."

모자를 바로 쓰는 척하며 그 아이를 바라봤다. 그 아이도 내 시선이 느껴졌던지 돌아보았다. 나는 얼른 고개를 숙였다.

"어?"

그만 고춧대 한 줄기를 통째로 부러뜨리고 말았다. 조그만 애기 고추와 하얀 꽃이 조랑조랑 달렸다. 어쩌지, 당황하여 아무 생각이 나지 않는다. 고개를 들고 할머니, 할아버지를 찾았다. 두 분은 고랑 끝에 계셨다. 나는 부러진 고춧대를 서 있는 고춧대 사이로 밀어 넣었다. 가슴이 두근거린다.

고추 따는 일은 쉽게 끝날 것 같지 않다. 땀이 흘러 옷이 등에 달라붙었다. 선풍기 앞에서 바람이나 쐬고 있을 걸 괜히 따라왔다 싶다. 마침 할머니가 불룩한 앞치마를 움켜쥐고 고랑에서 나오셨다.

"원재야, 힘 안드나? 고마하고 이리 온나."

할머니는 앞치마에 든 고추를 자루에 쏟더니 참이 든 바구니를 들고 나무 밑으로 가셨다. 나도 앞치마에 두 손을 넣어 고추를 꺼내 자루에 담았다. 할아버지도 앞치마를 끌러 자루에 부었다. 세 개 자루에 고추가 가득 담겼다.

할머니는 바구니 안에서 막걸리 병과 잔을 꺼내 할아버지

께 건넸다. 내게는 미숫가루와 하얀 떡을 주셨다. 할머니가
건너편을 돌아보며 큰 소리로 말했다.

"민혁아, 참 묵자."

"예. 잡수이소."

건너 밭에서 아줌마가 큰 소리로 대답했다.

할아버지는 옆에 선 고춧대에서 파란 고추를 따서 된장에
찍었다. 벌컥벌컥 막걸리를 들이켠 할아버지는 고추를 한 입
크게 깨물었다. 와삭, 싱싱한 소리가 났다. 나는 걸쭉한 미숫
가루가 잘 넘어가지 않는다. 떡도 맛이 없다. 그늘에 앉아 있
어도 땀이 식기는커녕 얼굴이 더 화끈거린다.

"할머니, 고추 언제 다 따요?"

"와, 힘드나? 할미는 여름 내내 따는데. 이쪽 끝에서 시작
해서 저쪽 끝까지 다 따고 나면 벌써 이쪽 고추가 빨갛게 익
어 있제."

할머니는 웃으며 하얀 떡을 뜯어 입에 넣으셨다. 나는 농
사 중에서 고추 따는 일이 제일 힘들 거라는 생각이 들었다.

어디서 깔깔거리며 웃는 소리가 들린다. 목을 길게 빼고
소리 나는 쪽을 봤다.

"에헴! 나는 할아버지다. 내게 절해라."

키가 조금 큰 아이가 배를 내밀어 한 손으로 받치고 한 손으로는 턱을 쓸어내리고 있었다. 벌떡 일어나 그 아이들을 바라봤다. 키가 작은 아이가 아랫입술을 뒤집어 잔뜩 힘주고 있다. 턱에는 진짜 수염이 달려 있다.

'저게 뭐지?'

"할머니, 쟤들 뭐 해요?"

나는 아이들에게서 눈을 떼지 않은 채 물었다. 할머니가 몸을 일으켰다.

"옥수수수염 갖고 노네. 민혁아, 민성아!"

할머니가 아이들을 불렀다. 아이들이 이쪽으로 달려오는 것을 보고 나는 얼른 앉아 버렸다.

"원재야, 인사하그라. 야가 민혁이다. 니하고 동갑이제. 민성이는 두 살 아래 동생이고."

할머니가 아이들을 소개했다. 주섬주섬 일어나 아이들을 마주 봤다. 피부가 짙은 갈색으로 그을렸다. 땀이 흐른 얼굴엔 까만 눈이 반짝거린다. 민성이가 웃자 눈이 가늘어졌다. 나도 웃었다. 아이들 손에는 옥수수수염이 쥐어 있다.

"민혁아, 원재하고도 놀그라."

할머니가 흰떡을 아이들 손에 쥐어 주셨다.

"예!"

아이들은 큰 소리로 대답하고는 자기 밭으로 뛰어갔다. 내 또래가 있다는 사실에 가슴이 두근거렸다.

우리는 해거름 때까지 고추를 땄다. 나는 고추를 따는 시간보다 쉬는 시간이 더 많았지만 힘들어 헉헉거렸다. 옥수수수염을 만들어 봐야겠다는 생각에 잠겼다가 두 번이나 더 고춧대를 부러뜨리기도 했다. 할머니가 보시고는 파란 고추도 따라고 하셨다. 아까 숨겼던 고춧대까지 찾아 고추를 따고 나니 마음이 놓였다. 고랑에 들어갔다가 모기에게 팔을 세 군데나 물렸다. 금방 빨갛게 부풀어 올랐다.

할아버지가 고추가 든 자루를 경운기에 줄지어 세우는 동안 할머니는 밭 가에 심어진 옥수수를 꺾었다. 얼른 할머니한테 달려갔다.

"할머니, 저도 옥수수 꺾을래요."

"그래라. 여기 수염을 보고 아직 물기가 많은 건 놔두고 푸슬푸슬 말라 가는 것들을 골라 꺾어야 한대이."

할머니가 빠른 속도로 옥수수를 꺾었다. 나는 옥수수수염을 살펴보고 꺾느라 더뎠다. 할머니는 수염이 바짝 마른 옥수수도 꺾었다.

  할아버지와 할머니는 마당에 큰 비닐을 깔고 고추를 쏟아
부었다. 외갓집은 금세 빨간색으로 넘쳐 났다. 고추를 다 널
자 할머니는 옥수수가 든 앞치마를 들고 아래채 아궁이 앞으
로 가서 소쿠리에 부었다. 할머니와 옥수수 껍질을 벗겼다.
껍질을 힘껏 잡아당기자 옥수수 알이 나왔다. 수염을 잡고
떼어 냈다. 뽀얀 우윳빛 알이 예쁘다. 어떤 옥수수는 자주색
알이 섞여 있다. 또 어떤 옥수수에서는 벌레도 나왔다.
  할머니는 수염이 바짝 마른 옥수수를 고르더니 껍질을 한
겹 남겨 두고 벗겼다.
  "할머니 그건 왜 다 안 벗겨요?"
  "이건 씨 할 끼다. 봐라. 껍질을 요렇게……."

할머니는 한 겹 남겨 둔 옥수수 껍질을 세 가닥으로 만들더니 머리처럼 땋는다. 그러고는 두 개를 서로 엮어 묶었다. 할머니는 엮어 묶은 옥수수를 손에 들고 마루로 올라갔다. 마루 한쪽에는 이미 여러 개의 옥수수가 줄에 걸려 있다. 오늘 따온 옥수수도 옆에 걸렸다. 말려 뒀다가 물도 끓여 먹고 뻥튀기도 해 먹을 거라고 하셨다.

옥수수 껍질은 소한테 갖다주라고 하셨다. 소쿠리에 담기 전에 수염을 한 움큼 골라냈다. 옥수수 껍질을 소 먹이통에 부어주고 수염을 턱에 대보았다. 아랫입술에다 힘을 줬다. 주르르 흘러내린다. 다시 해 보았지만 잘 안된다. 내가 흘린 옥수수수염을 소가 먹어 버렸다.

나는 저녁도 먹고 옥수수도 세 자루나 먹었다.

다음 날. 아침 먹고 마루 끝에 앉아 고추잠자리들이 하늘을 나는 걸 보고 있었다. 대문에 민혁이와 민성이가 나타났다. 뒷밭에서 나오던 할머니가 아이들을 반기셨다.

"민혁이 왔나? 민성아, 들어와라."

민혁이와 민성이는 쭈뼛거렸다. 할머니가 마루 문을 열자 아이들도 따라 올라왔다. 우리는 할머니가 주신 옥수수와 미숯가루를 먹었다.

"우리 밖에 나가 놀자."

민혁이가 조그만 목소리로 말했다. 고개를 끄덕였다.

"할머니, 놀다 올게요."

"그래. 재밌게 놀그라. 민혁아, 이따 밥 묵으러 와래이."

할머니는 소쿠리 안에 물병과 호미를 담고 계셨다.

우리는 학교 운동장으로 갔다. 교문에서 바로 보이는 건물이 옛날 교실이다. 운동장 둘레를 따라 컨테이너 박스가 여러 개 놓여 있다. 야영하러 온 학생들이 묵는 숙소다. 이제 더 이상 이곳은 학교가 아니다. 교문은 늘 열려 있어 아빠가 외갓집에 다니러 올 때면 주차장으로 쓴다.

외삼촌들도 엄마도 이모도 이 학교에 다녔다고 한다. 외갓집 마루에 서면 학교 운동장이 다 보인다. 엄마는 학교 다닐 때 느긋하게 집에 있다가 운동장에서 아이들 목소리가 왁자하게 들리면 뛰어갔다고 했다.

엄마는 9년 동안 한 반이 된 친구도 있다고 했다. 초등학교 다닐 때는 한 반밖에 없어 6년 내내 같은 반에서 지냈고 중학생이 되어서도 3년 동안 같은 반이었기 때문이랬다.

우리는 텅 빈 운동장을 가로질러 교실 뒤편으로 갔다. 교실에는 자물통이 채워져 있었다. 나는 엉덩이를 뒤로 뺀 채 손을 눈썹 위에 대고 유리창 안을 들여다봤다. 6-1, 5-1, 4-1, 3-1, 2-1, 1-1, 교무실, 교장실 표지판이 차례대로 달려 있고 복도가 길게 연결되어 있다. 나무로 된 복도 한쪽으로는 신발장이 그대로 있다.

"가자."

민혁이가 기다리다 말했다.

교실 뒤편에는 매미가 왕왕 울어댔다. 커다란 은행나무가 두 그루 있다. 공기는 서늘하고 눅눅한 냄새가 났다. 물소리도 들린다.

"여기서 뭐 할 거야?"

"이리 와 봐."

민혁이가 데리고 간 곳은 사각으로 만들어 놓은 시멘트 구조물이 있는 곳이었다.

"뭐 하는 곳인데?"

"옛날에 아이들이 급식 먹던 데야. 지금은 야영장에 온 학생들이 여기서 밥 먹어."

민혁이가 말했다.

"형아, 여기서 술래잡기하면 되게 재밌어."

민성이가 나를 형이라 부르며 어깨를 으쓱거렸다.

"어떻게 하는데?"

"먼저 가위바위보 하자. 술래를 정해야 돼."

민혁이가 설명했다. 민성이가 술래가 되었다. 민혁이는 잽싸게 시멘트 식탁과 식탁을 중심으로 만들어 놓은 의자 위를 뛰어다녔다. 그 뒤를 민성이가 풀쩍풀쩍 쫓아갔다. 꼭 다람쥐 같다. 형을 쫓던 민성이가 그때까지 가만히 서 있던 나를 향해 방향을 바꾸었다. 깜짝 놀라 민성이를 피해 이리저리 건너다녔다. 재빠른 민성이가 쫓아오자 그만 땅바닥으로 내려 버렸다.

내가 술래가 되었다. 민혁이와 민성이는 얼마나 빠른지 도저히 쫓아갈 수가 없다. 건너뛰다가 정강이라도 다칠까봐 무섭기도 했다. 민혁이가 슬며시 잡혀 주었다.

우리는 땀에 흠뻑 젖은 뒤에야 놀이를 끝냈다. 식탁에 올라앉아 숨을 돌렸다. 깡마르고 반질반질 윤이 나는 민혁이, 민성이 팔과 허연 내 팔을 번갈아 보다 우리는 깔깔깔 웃음을 터트렸다.

"너희들은 둘이서만 놀아? 친구 없어?"

땀을 닦으며 물었다.

"응. 이 동네에 애들은 우리밖에 없어."

민성이가 하얀 이를 드러내며 말했다.

"그럼, 학교는?"

"버스 타고 다녀. 읍내에 초등학교가 있어."

민혁이가 말했다. 목소리가 조금 쓸쓸하게 느껴졌다.

"힘들겠다."

읍내 학교는 나도 안다. 엄마가 다닌 중학교 옆에 있다. 엄마가 중학교 다닐 때도 버스가 하루 네 번밖에 다니지 않아 버스 시간이 맞지 않으면 걸어 다녔다고 했다. 그때 엄마 걸음으로 1시간 30분이 걸렸다고 했는데……. 버스는 아직도 하루에 네 번밖에 안 다니고 그럼 애들은 걸어 다닐까? 3학년, 5학년이 걷기엔 너무 먼 거리다.

"야, 원재야. 우리 멱 감자."

생각에 잠겨있는데 민혁이가 어깨를 툭 쳤다.

"멱?"

"응. 형아, 수영할 줄 알아?"

민성이가 눈을 반짝이며 물었다.

"응. 할 줄 알아."

민성이가 앞서 달려갔다.

학교 뒤편으로 개울이 흐르고 있었다. 폭도 넓고 제법 깊이도 있어 보인다. 엄마를 따라 와 보긴 했어도 이곳에서 수영할 생각은 한 번도 안 해 봤다.

민성이가 옷을 홀딱 벗더니 물속으로 들어갔다. 민혁이는 팬티를 입은 채 들어갔다. 민성이가 깔깔대며 물장구를 쳤다. 물이 그리 맑아 보이지 않는다.

"어서 들어와. 시원해."

민혁이가 물에 몸을 담그고 불렀다.

팬티만 남기고 옷을 벗었다. 앉아서 한 발을 담그자 시원한 물의 감촉에 웃음이 절로 나왔다. 민성이가 거꾸로 물에 들어가는 것이 보였다. 물에 들어가니 가슴께까지 물이 찼다.

물속에 들어갔다 나온 민성이가 얼굴로 흐르는 물을 훔치더니 손에 쥔 것을 보여 주었다. 풋감이 들려 있었다. 민성이가 그걸 내 앞으로 던졌다. 퐁 소리가 났다.

"형아, 잠수해서 찾아 봐."

민혁이가 먼저 물속으로 들어갔다. 팬티가 부풀어 올랐다.

우리들은 감 찾기를 하며 한참을 놀았다. 어느새 더위가 싹 가셨다.

"형아, 배고프다."

민성이가 말했다.

"그래. 가자."

물 밖으로 나왔다. 민성이의 새까만 팔다리가 닭살로 변했다. 옷을 들고 햇볕 아래로 나갔다. 고추를 내놓고도 민망해하지 않는 민성이를 보고 멋쩍게 웃자 민혁이도 웃었다.

우린 햇볕에 몸을 말린 후 집으로 왔다.

할머니는 오늘도 오이냉국을 만들어 놓았다. 아이들과 함께 먹으니 훨씬 맛있다.

다음 날도 우린 학교 운동장에서 놀았다. 씨름장 둘레에 박아놓은 타이어 위를 쫓아다니며 술래잡기했다. 풀쩍 건너뛰면 타이어가 뿍 납작해졌다가 조금 후면 쿨럭 일어났다. 중심을 잘 잡지 않으면 모래 위로 떨어진다. 한참 뜨거운 햇살 아래서 놀다 우린 또 물에서 놀았다. 내 얼굴과 팔은 나도 모르는 사이에 빨갛게 익어 갔다.

너무 더워 잠이 오지 않았다. 모기장을 최대한 낮게 들추고 몸을 빼낸 뒤 재빨리 모기장을 내려놓았다. 마루에 앉아 있어도 더웠다. 할아버지, 할머니는 코를 골며 주무셨다.

골목을 빠져 나와 학교 앞에 있는 큰 느티나무 아래로 갔다. 마을 입구에서 마을의 안녕을 기원해 주는 나무다. 나이는 아마 오백 살도 넘었을 거다. 나무 둥치 한가운데에 시멘트로 땜질을 해 놓았다. 엄마는 그걸 볼 때마다 마음이 아프다고 했다. 어린 시절 타고 놀았던 나무라고 하셨다.

동네는 깜깜하고 조용하다. 이곳에서는 저녁 10시면 하루가 다 끝난다. 지금쯤 아빠와 엄마, 동생은 텔레비전을 보고 있을지도 모른다. 우리 집에 있을 때는 12시도 환하다. 그래서 별을 보기 힘들다.

별들이 총총 빛나는 밤하늘을 올려다보고 있는데 길 아래쪽에서 발자국 소리가 났다.

움찔 몸을 웅크리는데,

"너도 잠이 안 오나?"

하는 말을 듣고서야 민혁인 줄 알았다.

"응, 너도?"

민혁이가 옆에 앉았다. 우리는 아무 말도 하지 않고 하늘만 올려다보았다. 한 줄기 더운 바람이 지나갔다.

"내일 비 오겠다."

민혁이가 말했다.

"그걸 어떻게 알아?"

"비 오기 전에는 이렇게 후텁지근해."

그것이 참말일지는 내일 두고 보면 알 일이다.

"원재야, 우리 집에 가서 잘래?"

민혁이가 일어서서 엉덩이를 털었다.

"우리 할머니가 뭐라 하지 않으실까?"

걱정되었다.

"걱정마. 내일 아침 일찍 우리 할머니가 보시면 너희 할머니한테 전화하실 거다."

민혁이가 앞장섰다. 민혁이 옆에 서서 나란히 걸었다.

민혁이 집은 마을로 들어오는 첫 번째 집이라 외갓집에서 조금 떨어져 있다. 초록색 대문은 열려 있었다. 마루에 커다란 모기장이 쳐져 있고 식구들이 모여 함께 잠들어 있었다.

민혁이는 살금살금 방으로 들어갔다. 나도 따라 들어갔다. 민혁이는 방문 옆에 있는 컴퓨터 앞에 앉아 전원을 켰다.

"와, 너 컴퓨터 있었구나."

얼마나 반가웠는지 목소리가 높아졌다.

"쉿!"

민혁이가 얼른 돌아보며 손가락을 입술에 갖다 댔다.

"우리 엄마 깨시면 혼 나."

민혁이가 일어나 다른 책상에서 의자를 가져왔다.

컴퓨터를 보자 가슴이 두근거린다. 잊고 있던 게임이 눈앞을 주르르 스쳐 지나갔다. 손가락이 근질거렸다.

"이거 왜 이렇게 접속이 느려?"

목소리를 낮춰 물었다.

"조금 기다리면 돼."

민혁이가 말했다.

조금 있으니 접속되었다. 민혁이가 바탕 화면에 깔아 놓은 게임을 눌렀다. 테트리스다. 그나마 한참이 지나서야 게임이 시작되었다.

"민혁아, 메이플 스토리 없어?"

"그게 뭔데?"

민혁이는 게임을 잘 모르는 것 같다. 답답했다. 민혁이가 먼저 몇 판 하더니 내게 자리를 비켜 줬다.

'이게 어디냐? 게임은 전혀 못 할 줄 알았는데 컴퓨터를 만져보는 것만도 어디야.'

애써 좋게 생각하며 게임을 했다. 민혁이네 어른들이 깰까 봐 소리는 완전히 줄여 놓았다. 게임에 정신이 팔렸다가 돌아보니 민혁이는 바닥에 웅크리고 누워 잠이 들어 있다.

　다음 날 아침, 민혁이가 어깨를 흔들어 깨웠다.
　"야, 원재야, 너희 할머니가 빨리 집에 오래."
　후다닥 민혁이 집을 빠져나왔다. 비가 부슬부슬 내리고 있
었다.
　"왜 남의 집에 가서 잠을 자노?"
　할아버지가 아침을 드시다 호통을 치셨다.
　"잘못했습니다."
　기어들어가는 소리로 말하며 방으로 들어갔다.
　"얼른 아침 먹그라. 근데 니 눈이 와 그러노?"
　할머니가 내 얼굴을 들여다보셨다.
　"왜요?"
　"눈이 빨갛대이. 민혁이하고 밤새 뭐하고 놀았길래……?"
　"잘 먹겠습니다."
　얼른 밥상 앞으로 다가앉아 숟가락을 집었다.
　아침을 먹고 잤다.
　점심을 먹을 때 할머니가 민혁이와 민성이가 왔다가 그냥
갔다고 했다.

밥을 먹자마자 민혁이네로 갔다. 비는 그쳤다.

"할머니는, 엄마는?"

두리번거리며 물었다.

"밭에 가셨다."

"그럼, 게임 해도 돼?"

내 눈이 동그래지고 있는 게 느껴졌다.

"그래."

컴퓨터를 켰다. 시간이 걸렸지만 참았다.

"형아, 우리 학교 가서 놀자."

민성이가 졸랐다.

"잠깐만, 이것만 깨고."

돌아보지도 않고 말했다.

"형아, 내가 호두 따 줄게. 가자. 응?"

민성이가 또 졸랐다.

"잠깐만."

이번에도 돌아보지 않았다.

한참 후, 게임을 끝내고 보니 민혁이와 민성이가 보이지 않았다. 나 혼자 빈 집에 있었던 셈이었다. 얼른 컴퓨터를 끄고 나왔다.

"형아, 놀자."

이튿날 아침 일찍 민혁이와 민성이가 놀러 왔다. 얼른 일어나 나갔다.

"우리 컴퓨터 게임 하자."

"형아, 게임 재미없어. 호두 따러 가자."

민성이가 내 팔을 잡으며 말했다.

"게임이 왜 재미없어? 얼마나 재미있는데, 하긴. 너네 컴퓨터 게임은 다 후졌긴 하더라."

민혁이 표정이 굳어지는가 싶더니 휙 돌아서 가 버렸다. 민성이도 나를 한번 보고는 자기 형 뒤를 쫓아 뛰어갔다. 아이들이 가는 뒷모습을 보다 내 머리를 꽁 쥐어박았다.

'민혁이네 가 볼까, 어쩔까……'

한참 고민을 하던 나는 민성이가 호두를 따러 가자던 말이 떠올랐다.

뛰어 학교로 갔다. 교문 옆으로 호두나무가 나란히 서 있다. 초록색 호두 알이 나뭇잎 사이로 주렁주렁 달려 있다.

'저걸 어떻게 따지?'

주변을 둘러보다 돌멩이를 발견했다. 돌멩이를 던졌다. 자꾸 엉뚱한 데로 날아갔다. 어쩌다 호두에 맞았지만, 호두는 떨어지지 않고 초록색 껍질만 떨어졌다.

던지고, 또 던지고. 돌멩이를 계속 던졌으나 호두는 껍질만 벗겨질 뿐 땅으로 떨어지지 않았다. 땅바닥엔 떨어져 검게 변한 호두 껍질이 널려 있었다.

'아이참, 왜 안 떨어져?'

다시 곰곰이 생각했다.

'어떻게 하면 민혁이 화를 풀어 주지?'

"아, 맞다."

그 길로 밭으로 내달았다. 할머니가 삶아 주신 맛있는 옥수수가 생각난 것이다. 밭은 민혁이 집을 지나가야 했다. 빠끔 집을 들여다봤으나 조용했다. 서둘러 할머니 고추밭을 찾았다. 땀이 줄줄 흘러내렸다.

할머니 밭에는 수염이 적당히 마른 옥수수가 별로 없다. 할머니가 내가 옥수수를 잘 먹자 매일 몇 자루씩 꺾어 왔기 때문인 것 같았다.

"에이, 왜 없는 거야?'

나는 물기 많은 옥수수수염을 보고 있다가 동생이 인형 머리를 땋아 주던 게 생각났다. 세 가닥으로 잡고 땋았다. 어느새 옥수수수염 땋기에 재미가 들었다.

"킥킥."

옥수숫대를 보며 웃었다. 흔들흔들 옥수숫대가 예쁘게 단장해 주어 고맙다고 하는 것처럼 보였다.

고추밭에서 옥수수 세 개를 껴안고 돌아오는 길이었다. 느티나무 아래에서 큰소리가 들려왔다.

"이 녀석들, 호두를 우째 저래 놓았노? 살도 아직 덜 여문 걸, 응? 우째 그걸 참지 못하고."

발걸음이 저절로 멎어버렸다. 길 한쪽으로 비켜섰다.

"할아버지, 우리가 안 그랬어요."

민성이가 울먹이며 말하는 소리가 들렸다.

"니들이 안 그러면 누가 그러노? 이 동네에 저지레 할 애는 니들뿐인데……."

빠끔 내다보니 민혁이와 민성이가 고개를 숙이고 있다.

"다시는 그러지 말그래이. 저렇게 홈집 내놓으면 못 쓴다."

수염이 허연 할아버지가 지팡이로 땅을 쿵 울리며 말했다.

"예."

민혁이와 민성이가 풀이 죽은 소리로 대답했다.

민혁이와 민성이가 이쪽으로 오는 발자국 소리가 들렸다. 가슴이 조마조마해져 어떻게 해야 할지 몰랐다. 얼른 밭 가에 심어 놓은 탱자나무 뒤로 숨었다.

"형아, 원재 형아 나쁘다. 그치?"

민성이가 훌쩍이며 민혁이에게 말했다. 민혁이는 아무 말도 하지 않았다. 가슴이 찌릿했다.

민혁이와 민성이가 지나가고 한참이 지나서야 집으로 돌아왔다. 옥수수를 내려놓고 방으로 들어갔다. 선풍기를 켜고 방바닥에 엎드렸다. 파리가 종아리를 간질였다. 꿈쩍하기도 귀찮았다. 눈물이 났다.

깜박 잠이 들었던 모양이다. 할아버지 호통 소리에 번쩍 잠이 깼다.

"원재, 이 녀석 어딨노?"

할아버지가 지게를 쿵 내려놓는 소리가 났다.

"와예? 무슨 일인데 그카능교?"

할머니가 놀란 모양이다.

할아버지는 호두를 그렇게 해 놓은 사람이 나라는 걸 알고 계신 것 같았다.

"원재 녀석이 옥수수수염을 죄다 꼬아 놨다카이."

할아버지 목소리가 우렁우렁 컸다.

"방에서 잡니더."

할머니 목소리가 작아졌다. 어떻게 해야 할지 무서웠다. 할아버지가 저렇게 화내는 모습도 처음 봤다. 눈물이 주르르 흘러내렸다. 할아버지가 마루로 올라서는 소리가 났다. 할머니도 따라 들어왔다.

"원재, 일어나 봐라."

단호한 할아버지 말에 윗몸을 일으켰다. 바깥을 등지고 서 있는 할아버지가 거인처럼 보였다.

"원재야!"

할아버지 앞에 무릎을 꿇고 앉았다. 자꾸 울먹울먹 울음이 나왔다.

"와 그랬노? 응?"

할아버지가 물으셨다.

"민혁이하고 민성이한테 옥수수 주려고……."

할아버지는 한참 동안 가만히 계셨다. 콧물이 무릎 위로 떨어졌다. 주먹으로 눈물, 콧물을 닦아 냈다.

"니가 무슨 잘못을 했는지 아나? 곡식은 사람 힘만으로 크는 게 아이다. 해도 키우고 바람도 키우고 땅도 키우제. 그런데 니가 옥수수수염을 그렇게 매 놓으면 해는 옥수수 알을 영글게 하지 못한다 아이가. 농작물 가지고 장난치는 거 절대 안 된다. 알겠제? 앞으로는 그러지 마라."

말씀을 마친 할아버지 목소리가 다시 부드러웠다.

"밭에 가서 묶은 거 다 풀고 온나."

"예."

고개를 들지 못한 채 대답했다.

"할미랑 같이 가자."

할머니가 내 팔을 잡으며 말하셨다.

"당신은 뭐할라꼬?"

할아버지가 할머니를 쳐다보셨다.

일어나는데 발이 저렸다.

터덜터덜 걸어 밭으로 갔다. 학교 앞을 지났다. 민혁이 집 앞을 지났다. 마음이 천근만근이다.

옥수수수염을 다시 풀기 시작했다. 풀고 난 옥수수수염이 더욱 꼬불꼬불했다.

"미안해. 나쁜 짓인 줄 몰랐어."

그때 밭 언저리에서 민성이 목소리가 났다.

"원재 형아, 우리가 도와줄게."

민혁이 모습도 보였다. 부끄러워 고개를 숙였다.

민혁인 다가오더니 말없이 옥수수수염을 풀기 시작했다.

"형아, 옥수수가 파마한 것 같다."

민성이가 깔깔 웃었다. 피식 웃음이 나왔다. 민혁이도 웃고 있었다. 우린 옥수수수염을 푸는 동안 아무 말도 하지 않았다. 사르르 바람 한 줄기가 옥수숫대를 흔들고 지나갔다.

"다 했다."

민성이가 두 팔을 쳐들었다.

"형아, 원재 형아도 되게 개구쟁이 같다 그치?"

"니는?"

민혁이가 민성이 머리에 꿀밤을 주었다.

우리가 터뜨린 웃음소리에 옥수숫대도 몸을 흔들었다.

"근데, 내가 여기 있는 거 어떻게 알았어?"

궁금해서 물었다.

"이 동네는 금방 소문이 퍼진다. 누구 집에 무슨 일 있는지, 누가 오는지 다 안다."

민혁이가 말했다.

"그럼, 아까 그 할아버지는 왜 내가 왔는지 모르지? 동네에 너희들 말고 나도 있다는 걸 벌써 알고 계셨어야지."

"그 할아버지는 저쪽 마을 끝에 산다. 아직도 망건 쓰고 공자왈맹자왈하는 할아버지다."

민혁이가 말하며 웃었다.

"형아, 우리 호두 따러 가자."

"야, 네가 호두, 호두 그래서 따 봤는데 그거 잘 안 따지더라."

"요령이 있지. 형아, 가자."

민성이가 앞서 고추밭을 빠져나갔다.

깨진 호두 껍질은 여전히 땅바닥에 뒹굴고 있다. 아이들에게 다시 미안한 마음이 되었다.

민성이가 호두나무를 타기 시작했다. 영락없이 다람쥐 같다. 민성이는 나무 위로 올라가 자리를 잡더니 자기 형에게 눈짓했다. 민혁이가 학교 울타리 밑에서 긴 막대기를 꺼내 민성이에게 올려 주었다. 민성이는 막대기로 내가 떨어뜨리려다 실패한 호두를 겨냥해 때렸다. 호두들이 툭툭 땅에 떨어졌다.

민성이가 막대기를 아래로 던지더니 쪼르르 나무에서 내려왔다. 민혁이는 막대기를 다시 울타리 밑에 감추고 호두를 집었다.

셋이 두 손에 넘칠 만큼 호두를 쥐고 냇가로 갔다. 가다가 호두 한 알이 떨어졌다. 민성이가 새끼손가락 두 개로 아슬아슬하게 집고는 엉거주춤 걸었다. 그 모양을 보고 민혁이와 나는 한참 웃었다.

"형아는 호두 깔 줄 아나?"

나는 호두를 땅에 내려놓으며 모른다고 했다.

민성이가 호두를 시멘트 바닥에다 대고 문질렀다. 초록색 호두 껍질이 닳아 없어졌다. 민성이 손이 갈색으로 물들었다. 민혁이와 내 손도 갈색으로 변했다. 호두를 깐 자리도 시퍼렇게 물이 들었다. 초록 탱자가 햇살을 받아 탱글탱글 익는 오후였다.

호두를 씻다가 냇가 건너편을 보니 보랏빛 꽃이 예쁘게 피어 있다.

"민혁아, 저게 무슨 꽃이야? 예쁘다."

"저거? 싸리나무 꽃."

민혁이가 꽃을 보더니 말했다.

"형아, 우리 싸리나무 꺾으러 갈까?"

민성이가 내 얼굴 앞으로 바짝 다가서며 물었다.

"그래, 가자."

이번에도 민성이가 앞장을 섰다. 민성이가 싸리나무가 피어 있는 곳으로 가다가 다 가서는 다른 쪽으로 갔다.

"민성아, 어디 가?"

"형아, 이리 와 봐."

민성이가 손짓해 불렀다. 돌아보니 민혁이는 그 자리에 서서 웃기만 했다.

민성이를 따라가 보니 그 밭에도 보랏빛 예쁜 꽃이 피어 있었다.

"와, 예쁘다. 이건 무슨 꽃이야?"

꽃밭으로 들어서며 물었다. 활짝 핀 꽃도 있고 봉오리를 맺은 꽃도 있다. 군데군데 흰 꽃도 섞여 있었다. 마치 하늘의 별이 내려온 듯했다. 꽃망울을 터뜨리기 전 꽃은 민성이가 볼에 잔뜩 바람을 품고 있는 것처럼 빵빵했다. 마치 색종이를 오각형으로 접어놓은 것 같았다. 어떤 꽃은 두 장의 잎을 이제 막 열어 보이고 있었다. 바람이 불면 맑은 종소리가 울려 나올 것도 같다.

"도라지꽃이야."

민성이가 터질 듯 바람을 머금고 있는 하얀 꽃망울을 두 손가락으로 꼭 누르며 말했다.

"퐁!"

봉오리가 터지며 소리를 냈다.

"야, 민성아, 그러면 어떻게 해?"

놀라 목소리가 크게 나왔다.

"킥킥. 형아도 해 봐. 재밌어."

민성이가 웃으며 꽃망울을 찾아 몸을 돌렸다. 민성이가 하는 걸 보니 야단맞지는 않을 모양이었다. 아직도 할아버지가 하시던 말씀에 겁을 먹고 있는데……. 조심스레 보랏빛 봉오리를 잡고 힘을 주었다.

"통!"

웃음이 나왔다.

"퐁, 폭, 통, 픽……!"

민성이와 온 밭의 도라지 꽃망울을 찾아 터트렸다.

"그만 가자. 아지매 오시면 혼난다."

민혁이가 부르는 소리가 들렸다. 혼난다는 말에 깜짝 놀라 도라지 밭에서 뛰쳐나왔다. 민성이가 내 앞에서 흰 이를 드러내고 씨익 웃어 보인다. 귀여운 녀석이다.

민혁이가 곧게 뻗은 싸리나무를 골라 꺾었다.

"민혁아, 그건 왜 꺾어? 두고 보면 좋잖아."

이제 농촌에서 해야 할 일과 하지 말아야 할 일이 헷갈리고 있었다.

"이거 빗자루 만들 거야."

민성이가 말했다. 민혁이가 한 아름 꺾은 싸리나무를 내 가슴에 안겨 주었다. 민성이는 가장 길고 가장 굵은 싸리나무 한 가닥을 온몸으로 꺾더니 질질 끌며 나왔다.

돌아오는 길에 우리는 말려놓았던 호두를 주머니마다 가득 채웠다.

"이따가 저녁밥 먹고 느티나무 아래서 봐."

민혁이, 민성이와 헤어져 집으로 왔다.

"할아버지!"

할아버지는 보이지 않고 할머니가 뒷밭에서 나왔다.

"아이고, 싸리나무 꺾어 왔나? 원재 덕에 빗자루 넉넉히 쓰겠네."

할머니가 좋아하셨다.

그날 저녁, 들에서 돌아오신 할아버지가 싸리나무 잎을 다 훑어내고 엮어서 빗자루로 만들었다.

"자, 다 됐다. 마당 한 번 쓸어 보그라."

할아버지가 다 만든 빗자루를 건네주셨다. 싸리나무의 부드러운 줄기가 일제히 누우며 마당의 흙을 쓸었다. 허리를 굽히지 않고 서서 쓱쓱 쓰는 기분이 좋다.

"아직 보드랍제? 좀 말라야 한다. 재밌다고 마당 흙을 다 쓸어버리면 안 된대이."

할아버지가 지켜보더니 말씀하셨다. 나는 대문 밖 골목까지 쓸었다.

빗자루를 앞세우고 마당으로 들어서는데 할아버지가 부르신다.

"전화 받아 봐라."

후다닥 마루로 오르느라 신발 한 짝이 날아갔다.

할아버지가 수화기를 건네 주셨다.

"여보세요!"

엄마다.

"……예."

"엄마가 뭐라 카노?"

수화기를 내려놓는데 할머니가 부엌에서 나오며 물으신다.

"방학도 얼마 안 남았는데 그만 올라오라고요."

"그래서?"

파리채를 든 채 할아버지가 돌아보셨다. 할머니 손끝에서 물 한 방울이 마루로 똑 떨어진다.

"좀 더 놀다 간다고 했어요."

"그랬나?"

할머니가 활짝 웃으며 내 엉덩이를 두드리셨다,

저녁을 먹고 느티나무 아래로 갔다. 호두를 만지작거리며 민혁이와 민성이를 기다렸다. 달그락달그락 호두끼리 부딪는 소리가 듣기 좋다.

밤하늘에 별이 하나둘 나타나기 시작했다. 길 아래쪽에서
타다닥 달리는 소리가 들려온다.

(10인 동화집『훈이와 자전거』수록)